FRANZ HOHLER

112 einseitige Geschichten

# 112 einseitige Geschichten

herausgegeben von

Franz Hohler

Sammlung Luchterhand

Mixed Sources
Product group from well-managed
forests and other controlled sources

Cert no. GFA-COC-1223
www.fsc.org


Verlagsgruppe Randomhouse FSC-DEU-0100
Das für dieses Buch verwendete
FSC-zertifizierte Papier Munken Print
liefert Arctic Paper Munkedals AB, Schweden.

1. Auflage
Originalausgabe

In der Verlagsgruppe Random House GmbH
Satz: Greiner & Reichel, Köln
Druck und Einband: Clausen & Bosse, Leck
Printed in Germany.
ISBN 978-3-630-62000-8

INHALTSVERZEICHNIS

# VORWORT

Ich habe 112 Geschichten gesammelt, die nicht länger als eine Druckseite sind und lege sie Ihnen hiermit unter dem Titel »einseitige Geschichten« zur Lektüre vor.

Zürich, Februar 2007, Franz Hohler

DANIIL CHARMS

## *Halt!*

Halt! Bleiben Sie stehen und hören Sie, was für eine erstaunliche Geschichte. Ich weiß nicht mal, mit welchem Ende ich anfangen soll. Es ist einfach unwahrscheinlich.

JOHANN PETER HEBEL

## *Der vorsichtige Träumer*

In dem Städtlein Witlisbach im Kanton Bern war einmal ein Fremder über Nacht, und als er ins Bett gehen wollte, und bis auf das Hemd ausgekleidet war, zog er noch ein Paar Pantoffeln aus dem Bündel, legte sie an, band sie mit den Strumpfbändern an den Füßen fest, und legte sich also in das Bette. Da sagte zu ihm ein andrer Wandersmann, der in der nämlichen Kammer übernachtet war: »Guter Freund, warum tut Ihr das?« Darauf erwiderte der erste: »Wegen der Vorsicht. Denn ich bin einmal im Traum in eine Glasscherbe getreten. So habe ich im Schlaf solche Schmerzen davon empfunden, daß ich um keinen Preis mehr barfuß schlafen möchte.«

ROR WOLF

## *Gefrierende Nässe*

Um sich etwas Bewegung zu verschaffen, ging ein Mann, in einen kalten Umschlag gewickelt, langsam durch die Natur. Er ging ganz bedächtig durch flache angenehme Gebiete, an fetten gefütterten Kühen vorüber und an seufzenden Bäumen, ohne sich zu größeren Anstrengungen, zu gefährlichen Aufstiegen oder gar zu alpinistischen Abenteuern hinreißen zu lassen. Manchmal kam er an einer Stelle vorbei, die wie ein Gebirge aussah, ganz scharf, ganz rissig und kratzend. Der Mann aber tat, als sähe er nichts davon, er ignorierte die eisigen Spitzen mit großer Gelassenheit, diese in den Himmel spießenden Unverschämtheiten, und ging weiter hinein in die schöne beschneite Ebene, die auf der anderen Seite begann. Er ging ruhig und leicht und in tiefer Zufriedenheit über den Schnee, der gemütlich knirschte. Ein paar Jahre später wurde sein Rucksack gefunden; ihn selbst fand man nicht.

FRANZ KAFKA

## *Das nächste Dorf*

Mein Großvater pflegte zu sagen: »Das Leben ist erstaunlich kurz. Jetzt in der Erinnerung drängt es sich mir so zusammen, daß ich zum Beispiel kaum begreife, wie ein junger Mensch sich entschließen kann, ins nächste Dorf zu reiten, ohne zu fürchten, daß – von unglücklichen Zufällen ganz abgesehen – schon die Zeit des gewöhnlichen, glücklich ablaufenden Lebens für einen solchen Ritt bei weitem nicht hinreicht.«

ARNOLD STADLER

## *Hier*

Ich sah alles von hier, wenn ich mich umsah.

Den Heuberg, die Alpen, wenn's schön war, den Hegau. Aber *hier* hatte keinen Namen.

Die Geographen sagen: oberes Ablachtal. Sie sind nicht *hier* gewesen. Sie verteilen ihre Namen von der Karte aus. Die Bewohner von *hier* wissen nicht, wo das obere Ablachtal ist.

In der Schule hieß es früher, links von der Ablach ist der Heuberg. Rechts von der Ablach ist der Linzgau. So hieß es früher. Doch ich hatte keinen Heimatunterricht, weil ich nach dem Krieg geboren wurde.

Ich erfuhr in der Schule nie, wo ich zu Hause bin, wo *hier* ist, weil es nach einem Krieg, der schlecht ausging, keinen Heimatunterricht gab.

So mußte ich mir von den Alten sagen lassen, wo ich zu Hause bin, welchen Namen *hier* außerdem noch hat. Oder vom Atlas. Doch der Atlas ist für *hier* zu klein. Er verzeichnet die kleinen Landstriche nicht einzeln. Der Atlas verzeichnet die Donau, lieblos, und in welche Richtung sie davonfließt, an uns vorbei, ohne Namen zu nennen. Unten der Bodensee. Der Bodensee liegt weit.

Der Geist von gestern.

Heute.

ELFRIEDE JELINEK

# *Da glauben wir immer*

Da glauben wir immer, wir wären ganz außerhalb. Und dann stehen wir plötzlich in der Mitte. Heilige, die im Dunkel leuchten. Wir sind immer fassungslos, wenn auch nur einer uns im Gedächtnis behält, über eine Zeit hinaus. An den Wegrändern sprechen sie seit Jahren und Jahren heimlich über uns. Das bilden wir uns nicht ein! Ein schönes Gefühl, in der Nacht über unsre Autobahnbrücken zu fahren, und unten strahlt es aus den Lokalen: noch mehr Menschen wie wir! Ein heller Schein. Die Figuren, Fremde wie wir, Reisende, strömen in die Busbahnhöfe, um sich zu verteilen, von Ort zu Ort, und wir kommen über sie wie der Regen, der zeitig in der Früh die Schuhe durchnäßt. Oder eines Tages an einer Wegkreuzung, wo wir uns stauen, Menschenfluten. Dort ist nichts, aber es strotzt vor lauter Zeichen von uns. Nach uns kommen andere, aber wir sind nicht nichts! Uns wird der Kopf schwer von uns. So zu fahren, das macht uns einzigartig. Da können sich noch so viele Schienen überkreuzen, wir liegen übersichtlich vor uns und den anderen Wanderern, gute, markierte Wege. Jetzt sind wir zuhaus und erheben uns ruhig.

SARAH KIRSCH

## *Hahnenschrei*

Es ist ein nettes Gefühl so früh am Morgen weit vor das Haus zu treten wenn die Lerchen in der eiskalten Luft sich befinden und mit Singen befaßt sind. Die Höfe mit ihren Kuhstallichtern wie vertäute Schiffe liegen sie weit in der Ebene drin und die Stalltüren gähnen alle Augenblicke mistkarrende Bauern hervor und es hat schon den Anschein als würden die Fröste länger nicht dauern. Wenn man ein Pferdchen besäße man könnte es ohne Zögern besteigen und auf der Kruppe des Deichs dem Flußlauf tagelang folgen ohne an Umkehr zu denken. So aber wird man zu Fuß durch den löchrigen Nebel gehn seine Pflichten erfüllen.

MARIE LUISE KASCHNITZ

## *Amselsturm*

Angenehme Vorstellungen von Dingen, die noch nicht sind, aber sein werden, zum Beispiel im März, wenn wieder einmal keine einzige Knospe zu sehen, kein Frühlingslufthauch zu spüren ist, während doch gegen Abend der Amselsturm sich erhebt. Blüten aus Terzen, Blätter aus Quinten, Sonne aus Trillern, ganze Landschaften aus Tönen aufgebaut. Frühlingslandschaften, rosaweiße Apfelbäume vor blauen Gewitterwolken, Sumpfdotterbäche talabwärts, rötlicher Schleier über den Buchenwäldern, Sonne auf den Lidern, Sonne auf der ausgestreckten Hand. Lauter Erfreuliches, was doch auch in anderer Beziehung, zum Beispiel in der Beziehung der Menschen zueinander eintreten könnte, Freude, Erkennen. Hinz liebt Kunz, Kunz umarmt Hinz, Hinz und Kunz lachen einander an. Amselsturm hinter den Regenschleiern und wer sagt, daß in dem undurchsichtigen Sack Zukunft nicht auch ein Entzücken steckt.

GERHARD MEIER

## *Einzig der Baumbestand ändert*

Vor den Häusern die Vormittage und hinter den Häusern die Nachmittage und hinter den Häusern die Kieswege und vor den Häusern die andern Wege und in den Häusern die Blattpflanzen und vor den Fenstern die Blütenpflanzen, an den Wänden Porträts. Pflaumenbäume gabs, es gibt sie noch heute. Vor den Bauernhäusern die Brunnen gabs, vereinzelt noch heute. Unter den Pflaumenbäumen die Schatten gabs, so gestern so heute. Der Dinge zu harren gabs, wir kennen sie heute. Und Dinge gabs und gibt sie noch heute, einzig der Baumbestand ändert. Vor den Häusern die Vormittage und hinter den Häusern die Nachmittage und in den Häusern Porträts.

ADELHEID DUVANEL

## *Der Nachmittag*

Zwei Zeitungen fliegen wie abgerissene Flügel über die Straße, dann wirft der Wind einen Spiegel um, der vor einem Möbelgeschäft gegen die Hauswand gelehnt steht; der Lehrling wischt die Scherben zusammen. Der Nachmittag ist in diesem Café und in der Straße und daheim in der Wohnung gefangen; überall hält man ihn fest und versucht, in ihm zu lesen wie in einem Buch, doch sobald er kann, entgleitet er.

FRANZ HOHLER

## *Mord in Saarbrücken*

Heute habe ich einen Nachmittag getötet.

Mit einem Agentenfilm habe ich ihn umgebracht, einem Agentenfilm, in dem böse Menschen andere, gute Menschen, achtlos abgeknallt haben, und manchmal haben auch gute Menschen böse Menschen abgeknallt, aber nur, wenn es sein mußte, und immer zur Musik von Morricone.

Auf der Rückfahrt im Bus zum Hotel saß vor mir ein kurzgeschorener Jugendlicher, der sein Gehör vorsätzlich mit einem Walkman mißhandelte.

Als ich dann im Hotel ankam, um mich hinzulegen, war der Nachmittag tot und wurde nicht wieder lebendig.

Vielleicht hätte er einen Flußuferspaziergang für mich bereit gehabt, oder ein Gedichtbuch, oder ein Gespräch mit einem unbekannten Menschen, einem Engel womöglich.

Es ist kein gutes Gefühl, ein Nachmittagsmörder zu sein.

FERNANDO PESSOA

# *Zu Beginn des Nachmittags*

Es ist eine Lebensregel, daß wir von allen Leuten lernen können und müssen. Es gibt ernsthafte Dinge des Lebens, die wir bei Scharlatanen und Banditen erlernen können, es gibt philosophische Einsichten, die uns Narren verschaffen, es gibt Lektionen in Festigkeit und Gesetzestreue, die zufällig auftauchen und aus dem Zufall herrühren. Alles liegt in allem beschlossen.

In gewissen strahlenden Augenblicken des Nachdenkens, wenn ich beispielsweise zu Beginn des Nachmittags beobachtend über die Straße gehe, bringt mir jeder Passant eine Nachricht, schenkt mir jedes Haus eine Neuigkeit, enthält jedes Plakat einen Hinweis für mich.

Mein verschwiegener Spaziergang ist ein beständiges Gespräch, und wir alle, Menschen, Häuser, Steine, Plakate und Himmel, sind eine große befreundete Menge, die sich mit Worten anrempelt in der großen Prozession des Schicksals.

PETER WEBER

## *Sonnenküsse*

Es ist vor allem die Sonne, meine Liebe, die sich im Winter für eine Seite entscheidet und so im Obertoggenburg wirtschaftliche Schwerpunkte setzt. Morgendlich aufsteigend, erweist sie zwar vorerst beiden Seiten ihre Gunst, leckt kleinzüngig Zauber an eisbeschlagene Gipfel, bringt frostbesetzte Felsenberge mit kleiner Glut ins Lodern, versieht riesige Felsenmassen mit demselben lichten Streifen Ahnung, schiebt bläuliche Schatten ins Dunkelblau und nach Westen ab, gewinnt nun aber, große Lasten schleppend, schwergewichtig gegen Mittag kriechend, nicht mehr groß an Höhe, übersteigt bald keine Krete mehr, wirft, da ihr sieben Churfürsten bald zackig vor Augen stehen, wirft, da ihr sieben Churfürsten sieben Dornen im Auge sind, lange, länglich kühle Schatten ins Tal. Unablässig neckisch aber leckt sie mit letzter langer dünner Zunge auf der anderen Talseite, der Alpsteinseite, Schnee, züngelt sich bis ans Grau, Braungrün vor, leckt Flecken ins Weiß, holt früh ein bißchen Frühling her. Das ist es, was die schwerbeladene, sich im Dunstschleier kleidende Sonne durch Schattenzacken an die Sonnenseite spricht: Weiche, erweiche Dich, soviel Kraft, entfaltet in der Sprache der Sonne, soviel Zunge wünsch ich mir, es sind Küsse, reine Küsse, die die Sonne der Sonnenseite schenkt und widmet, und deshalb sind dort die Häuser heiterer gestreut als auf der Schattenseite, deshalb lebt es sich auf der Sonnenseite milder, Schönenboden, Heiterswil, Frohmatten heißen die geküßten Flecken.

ERIK SATIE

## *Morgendämmerung (zur Mittagszeit)*

Die Sonne ist zu guter Stunde und in guter Laune aufgegangen.

Die Hitze wird größer als gewöhnlich sein, denn die Zeit ist prähistorisch und gewitterhaft.

Die Sonne steht ganz hoch am Himmel; sie scheint ein guter Typ zu sein.

Aber trauen wir ihr nicht allzusehr.

Vielleicht wird sie die Ernte versengen oder zu einem großen Schlag ausholen: einem Hitzschlag.

Hinter der Scheune überfrißt sich ein Ochse.

## CADDO-INDIANISCH

### *Genesis*

Sie sagen, es kam Wasser. Land war keines da, sagen sie. Nur Wasser. Berge waren damals nicht da, sagen sie. Steine waren nicht da, sagen sie. Fische waren nicht da, sagen sie. Fische waren nicht da. Bären waren nicht da, sagen sie. Panther waren nicht da, sagen sie. Wölfe waren nicht da. Menschen wurden weggeschwemmt, sagen sie. Bären wurden weggeschwemmt, sagen sie. Panther wurden weggeschwemmt, sagen sie. Schakale waren nicht da, sagen sie. Raben waren nicht da, sagen sie. Reiher waren nicht da, sagen sie. Spechte waren nicht da, sagen sie. Damals waren keine Zaunkönige da, sagen sie. Damals waren keine Kolibris da. Damals waren keine Otter da, sagen sie. Damals waren keine Eselhasen, keine grauen Eichhörnchen da, sagen sie. Damals waren keine langohrigen Mäuse da, sagen sie. Damals war kein Wind da. Damals war kein Schnee da. Damals war kein Regen da, sagen sie. Damals hat es nicht gedonnert, sagen sie. Damals als es nicht gedonnert hat, waren keine Bäume da, sagen sie. Es hat nicht geblitzt, sagen sie. Damals waren keine Wolken da, sagen sie. Nebel war keiner da, sagen sie. Es erschien nichts, sagen sie. Sterne waren nicht da, sagen sie. Es war sehr dunkel.

## EDUARDO GALEANO

# *Die Aufgabe der Kunst*

Diego kannte das Meer nicht. Sein Vater, Santiago Kovadloff, nahm ihn mit, es zu entdecken.

Sie fuhren in den Süden.

Dort wartete es auf sie, das Meer, hinter den hohen Dünen.

Als der Junge und sein Vater endlich jene Höhen aus Sand erklommen hatten, barst das Meer vor ihren Augen. Und so gewaltig war das Meer, und so prächtig, daß es dem Jungen die Sprache verschlug.

Und als er schließlich die Worte wiederfand, zitternd, stotternd, bat er seinen Vater: »Hilf mir sehen!«

KLAUS MERZ

## *Zur Entstehung der Alpen*

In der Nacht vom fünften auf den sechsten April stellte ich fest, daß die Theorien über mein Heimatgebirge – durch Auffaltung entstanden und erst im Laufe des vergangenen Krieges zur militärischen Festung aufgebaut – nicht mehr zu halten sind.

Das Gegenteil hat sich vielmehr als wahr erwiesen, daß nämlich das gesamte subterrane Waffenarsenal Helvetiens ursprünglich schon dagewesen sein muß und man erst später, Caspar Wolfs phantastische Gebirgsmalereien kopierend, zu dieser gigantischen und beinahe landesweiten Tarnarbeit angesetzt hat, die zu guter Letzt in so eindrücklichen Staffagen wie Gotthard, Jungfrau, Matterhorn gipfelte. – Was sich ja auch touristisch, wie wir wissen, nachträglich aufs schönste hat auswerten lassen.

## JÜRG SCHUBIGER

### *Gold in Alaska*

In den Zeitungen stehen manchmal Berichte über die Goldgräberei in Alaska. Immer heißt es da, diese Gräberei sei ein mühsames Handwerk, das keinen Menschen reich mache. Und immer sind auch Fotografien dabei. Sie zeigen zerlumpte Menschen, die in Stiefeln im Wasser stehen, die am Abend verzweifelt sind und billigen Schnaps in die Kehle gießen. Glaubt nicht, was in den Zeitungen steht! In Alaska gibt es nämlich Berge, die innen ganz aus Gold sind. Von außen sieht man ihnen nichts an. Sobald aber einer die Bergrinde schürft, beginnt es zu glänzen, und bei jedem Hackenschlag fallen ihm große Klumpen von reinem Gold direkt vor die Füße. Die Menschen, die man in den Zeitungen sieht, haben sich bloß verkleidet, um uns zu täuschen. Sie wollen nicht, daß wir hingehen, um selber von diesem Gold zu holen. Wenn Journalisten nach Alaska kommen, ergreifen diese Menschen ein Sieb und waschen mühsam kleine gelbe Körnchen aus dem Flußsand. Sie drehen ihre Zigaretten selber, in den Taschen aber tragen sie die teuersten Zigarren, die Heuchler!

ROBERT GERNHARDT

## *Die Legende*

Wer schon einmal in London war, kennt sie sicher, die Victoria-Station, jenes längliche Bauwerk, das sich wie ein steinerner Zeuge mitten in der Millionenstadt erhebt. Aber wer weiß schon, wie es gebaut wurde?

Nun, einst hatte sich die Queen Victoria bei der Jagd verirrt, immer verzweifelter wurde ihre Lage, und schließlich brach sie mitten im Wald zusammen, die nackte Furcht in den Augen, ein Stoßgebet auf den Lippen, doch da teilte sich plötzlich das Gesträuch und ein Hirsch trat heraus, ein Hirsch, der ein Geweih auf dem Kreuz oder ein Kreuz zwischen dem Geweih trug, da gehen die Meinungen auseinander, verbürgt jedoch ist, daß der Hirsch eine segnende Bewegung mit der Hinterhand machte und also zur Königin sprach: »Habe keine Angst! Denn du wirst in Bälde errettet werden!«

Da aber sank die Königin in die Knie und gelobte, an dieser Stelle einen Bahnhof zu errichten.

STEFAN INEICHEN

## *Das fahrende Hotel*

In einem Seitental, das bei Randa vom Mattertal abzweigt, waren vor bald hundert Jahren drei Männer auf der Jagd. Bei Tagesanbruch setzten sie sich hin und ruhten sich aus. Sie schauten das Tälchen hinunter. Da kam ein Hotel herauf, in einer ruhigen und gleichmäßigen Bewegung, schwebte an ihnen vorbei, so nahe, daß ihnen die Türfallen und Fenstergriffe auffielen, fuhr, wie auf Schienen gleitend, bergwärts und verschwand hinter den schneebedeckten Viereinhalbtausendern der Mischabel-Gruppe.

WJATSCHESLAW KUPRIJANOW

## *Das Ding*

Einmal, als die Sonne sich bereits neigte, wälzte sich vom Berge Pen Lai ein merkwürdiges Ding herab. Bauern, die vom Felde heimkehrten, wollten es wieder hinaufrollen, jedoch im Unklaren über Art und Herkunft des Dinges, beschlossen sie, es sein zu lassen, und zogen sich ehrfurchtsvoll zurück. Was für bemerkenswerte Menschen, dachte das Ding und wälzte sich langsam den Berg wieder hinauf.

## LEO TOLSTOJ

# *Der gelehrte Sohn*

Der Sohn eines Bauern kam aus der Stadt zu seinem Vater aufs Dorf. Der Vater sagte: »Heute mähen wir, nimm einen Rechen und komm mit, mir zu helfen.« Der Sohn aber hatte keine Lust zu arbeiten und sagte: »Ich habe die Wissenschaften studiert und alle bäuerlichen Worte vergessen; was ist das – ein Rechen?« Doch als er über den Hof ging, trat er auf einen Rechen, und er prallte ihm mit dem Stiel gegen die Stirn. Da erinnerte er sich, was ein Rechen ist, griff sich an die Stirn und sagte: »Was für ein Tölpel hat den Rechen hierhin geworfen?«

ISTVÁN ÖRKÉNY

## *Söhne*

Es war einmal eine arme alte Witwe, und diese Witwe hatte zwei schöne Söhne. Der eine, der Ältere, heuerte auf einem Schiff an, dessen erste Fahrt gleich in den Stillen Ozean führte. Was mit dem Schiff geschah und was nicht, kann niemand sagen, denn es verschwand mit Mann und Maus auf den Meeren.

Der Jüngere blieb zu Hause. Aber einmal, als ihn seine Mutter um Würmerzucker schickte (in die Apotheke, sieben Häuser weiter die Straße runter), kam er nicht mehr zurück. Auch er verschwand spurlos.

Das ist eine wahre Begebenheit. Aber in den Märchen haben die Witwen immer drei Söhne. Und es ist immer der dritte, der es schafft.

## DANIIL CHARMS

# *Fabel*

Ein nicht gerade großer Mann sagte: »Es soll mir schon alles recht sein, wenn ich bloß einen winzigen Schuß größer wär.«

Wie er das grad sagt, steht vor ihm eine Zauberin.

»Was möchtest Du?« fragt die Zauberin.

Aber der nicht gerade große Mann steht da und kann nichts sagen vor Schreck.

»Nun?« sagt die Zauberin.

Aber der nicht gerade große Mann steht da und schweigt. Die Zauberin verschwindet.

Da begann der nicht gerade große Mann zu weinen und an den Nägeln zu kauen. Erst kaute er an den Händen alle Nägel ab, dann an den Füßen.

Leser, denk dich mal rein in diese Fabel – du raufst dir das Haar.

LUIGI MALERBA

## *Das Huhn und die Mafia*

Ein kalabresisches Huhn beschloß, Mitglied der Mafia zu werden. Es ging zu einem Mafia-Minister, um ein Empfehlungsschreiben zu bekommen, aber dieser sagte ihm, die Mafia existiere nicht. Es ging zu einem Mafia-Richter, aber dieser sagte ihm, die Mafia existiere nicht. Schließlich ging es zu einem Mafia-Bürgermeister, und auch dieser sagte ihm, die Mafia existiere nicht. So kehrte das Huhn in den Hühnerhof zurück, und auf die Fragen seiner Mithühner antwortete es, die Mafia existiere nicht. Da dachten alle Hühner, es sei Mitglied der Mafia geworden und fürchteten sich vor ihm.

F. J. BOGNER

## *Vom Tiger und dem Hühnchen*

Ein armseliges, mageres Hühnchen flog versehentlich in den Zwinger eines wilden Tigers. Doch der Tiger tat dem Hühnchen nichts zu Leide, sondern ließ es friedlich in seinem Zwinger rumlaufen und gab ihm gar von seinem Fressen, soviel es nur wollte. Und alle verwunderten sich sehr. Und sie sprachen: »Seht euch nur den Tiger an, wie er seiner wilden Natur zum Trotze dem Hühnchen Edelmut erweist!« Und sie brachten dem ach so Großmütigen stürmische Ovationen dar, veröffentlichten sein Bild in den Zeitungen, gründeten einen Verein zur Verständigung der Tiere aller Arten und machten den Tiger zum Ehrenmitglied.

Der Tiger jedoch, der nur darauf gewartet hatte, daß aus dem mageren Hühnchen ein fettes Huhn würde, ging eines Tages hin und fraß es. Da er aber ein wohlerzogener Tiger war, verzehrte er's mit Messer und Gabel und wischte sich mit einer blütenweißen Serviette den Mund ab.

Der Verein nennt sich nun »Klub zur Erhaltung guter Tischsitten«. Seine Mitgliederzahl hat sich vervielfacht. Und der Tiger ist Ehrenpräsident.

## JAIRO ANÍBAL NIÑO

### *Die Überwachung*

Der Pförtner ist sehr alt, und oft schläft er in seinem Wachhäuschen ein. Die Schildkröte, die im Garten lebt, beobachtet ihn immer unauffällig.

Gestern unterhielt ich mich mit ihm, und er sagte mir, er habe den Verdacht, die Schildkröte sei eine Geheimagentin der Zeit.

AUGUSTO MONTERROSO

## *Der Dinosaurier*

Als er erwachte, war der Dinosaurier noch da.

BRIGITTE SCHÄR

## *Falle*

Die Falle, eine Grube mitten im Waldweg, war so geschickt mit Laubwerk getarnt, daß sie leicht hätte übersehen werden können, wären da nicht die hundert schwarzgekleideten Männer mit den ernsten Gesichtern und den hohen Hüten auf den Köpfen gewesen, die kurz vor der Stelle, an der sich die Falle befand, den Weg säumten, je fünfzig auf einer Seite, und so eine Gasse bildeten, die, sich am hinteren Ende verjüngend, genau auf die Falle zeigte und sie so verriet.

Keiner der Wanderer ist in die Grube gefallen. Alle sind sie rechtzeitig ins Unterholz ausgewichen, alle haben sie dadurch den Weg verloren, haben sich im dichten dunklen Weg verlaufen und sind elendiglich zugrunde gegangen – alle.

KLAUS MERZ

## *Fahndung*

Mitten im Wald stießen wir am vergangenen Sonntag auf das Sprungbrett des Försters.

Es wird vermutet, daß sich der äußerst gründliche Forstmann – zum Schrecken der Schädlinge und um den Kuckuck zu grüßen – mit Hilfe des Federbrettes jeweils in seine kranken Baumkronen hinauf katapultieren ließ. Seit gestern fehlt von ihm jede Spur.

## WOLFDIETRICH SCHNURRE

### *Beste Geschichte meines Lebens*

Beste Geschichte meines Lebens. Anderthalb Maschinenseiten vielleicht. Autor vergessen, in der Zeitung gelesen. Zwei Schwerkranke im selben Zimmer. Einer an der Türe liegend, einer am Fenster. Nur der am Fenster kann hinaussehen. Der andere hatte keinen größeren Wunsch, als das Fensterbett zu erhalten. Der am Fenster leidet darunter. Um den anderen zu entschädigen, erzählt er ihm täglich stundenlang, was draußen zu sehen ist, was draußen passiert. Eines Nachts bekommt er einen Erstikkungsanfall. Der an der Tür könnte die Schwester rufen. Unterläßt es: denkt an das Bett. Am Morgen ist der andre tot; erstickt. Sein Fensterbett wird geräumt; der bisher an der Tür lag, erhält es. Sein Wunsch ist in Erfüllung gegangen. Gierig, erwartungsvoll wendet er das Gesicht zum Fenster.

Nichts; nur eine Mauer.

HEINER MÜLLER

# *Der glücklose Engel*

Hinter ihm schwemmt Vergangenheit an, schüttet Geröll auf Flügel und Schultern, mit Lärm wie von begrabenen Trommeln, während vor ihm sich die Zukunft staut, seine Augen eindrückt, die Augäpfel sprengt wie ein Stern, das Wort umdreht zum tönenden Knebel, ihn würgt mit seinem Atem. Eine Zeitlang sieht man noch sein Flügelschlagen, hört in das Rauschen die Steinschläge vor über hinter ihm niedergehn, lauter je heftiger die vergebliche Bewegung, vereinzelt, wenn sie langsamer wird. Dann schließt sich über ihm der Augenblick: Auf dem schnell verschütteten Stehplatz kommt der glücklose Engel zur Ruhe, wartend auf Geschichte in der Versteinerung von Flug Blick Atem. Bis das erneute Rauschen mächtiger Flügelschläge sich in Wellen durch den Stein fortpflanzt und seinen Flug anzeigt.

AGLAJA VETERANYI

## *Warum ich kein Engel bin*

Ein Engel verkleidete sich als Engel und blieb unerkannt.

Ein anderer fiel vom Himmel und zerschellte.

Ein ausländischer Engel wurde gläubig und ertränkte sich in der Badewanne.

Im Himmel werden tote Engel ausgestopft und an die Wand gehängt.

Ich bleibe lieber unsterblich.

BERTOLT BRECHT

## *Herr Keuner und die Flut*

Herr Keuner ging durch ein Tal, als er plötzlich bemerkte, daß seine Füße in Wasser gingen. Da erkannte er, daß sein Tal in Wirklichkeit ein Meeresarm war und daß die Zeit der Flut herannahte. Er blieb sofort stehen, um sich nach einem Kahn umzusehen, und solange er auf einen Kahn hoffte, blieb er stehen. Als aber kein Kahn in Sicht kam, gab er diese Hoffnung auf und hoffte, daß das Wasser nicht mehr steigen möchte. Erst als ihm das Wasser bis ans Kinn ging, gab er auch diese Hoffnung auf und schwamm. Er hatte erkannt, daß er selber ein Kahn war.

HANS BLUMENBERG

# *Rettungen ohne Untergänge*

Ich will nicht, daß unausgesetzt Anstrengungen zu meiner Rettung unternommen werden, wenn ich nichts davon weiß, in Gefahr zu sein.

Es gibt zu viele, die den Sinn ihres Lebens darin gefunden zu haben meinen, andere zu retten, als daß sie davor zurückschreckten, diesen einzureden, sie seien verloren.

So sehe ich sie, auf den Straßen und auf den Bildschirmen, in den Zeitungen und in den Büchern, auf den Kathedern und auf den Kanzeln – mit jedem neuen Medium erst recht in diesem –, emsig zu meiner Rettung bereit und schon fast tätig. Um meinen Rettungsbedarf sehe ich sie sich keineswegs kümmern.

Das ist ein Novum in der Geschichte: So viele sind noch nie für die anderen ohne deren Auftrag tätig geworden.

STAŠA STANIŠIĆ

## *Wunsch*

Meine Eltern wissen nichts davon. Ich bin in der Moschee. Ich weiß, wie es geht: auf den Knien an etwas Schönes denken, das noch nicht wahr geworden ist. Sich das Schöne mit jeder Verbeugung wünschen. Mach, daß es wahr wird! Die Moschee ist mit bunten Teppichen ausgelegt, von außen eine Rakete, von innen ein Magen. Ich habe Angst. Ich bin etwas Besonderes, denn ich trage als einziger Schuhe. In der Moschee ist nicht April, nicht Frühling. Ich verbeuge mich und verbeuge mich und verbeuge mich.

Mach, sehr geehrte Moschee, daß Roter Stern Meister wird. Mach, sehr geehrte Moschee, daß Roter Stern Meister wird. Mach, sehr geehrte Moschee, daß Roter Stern Meister wird.

Mach, sehr geehrte Moschee, mach, daß Mama vergißt, wie Seufzen geht.

GERHARD AMANSHAUSER

## *Das Glück des Kardinals*

In vollem Ornat, in Gegenwart von Majestäten und Exzellenzen zelebrierte er das Hochamt im Stephansdom. Doch nach der Wandlung, beim Schluck aus dem goldenen Kelch, wars nicht der Meßwein vom Stift Schotten – das war ja Blut!

Es würgte ihn, er mußte sich erbrechen. Da geschah ein Wunder: der Schrecken des Herrn kam ihm zuhilfe – der Dom versank, und alles war ein Traum. Und als er dann das Hochamt wirklich zelebrierte, wars nach der Wandlung wieder der alte Meßwein vom Stift Schotten.

BEAT GLOOR

## *Vor der Hölle*

Am Tor zur Hölle wird Willi ausgelacht: »Viel zu harmlos, mein Lieber«, sagt der Teufel und steckt die Hände in die Hosentaschen: »Schau dich doch an.«

Willi wird langsam nervös. Oben wollten sie ihn auch nicht.

## TANIA KUMMER

### *Theater*

Er braucht weder Lessing noch Kleist, ihm genügt ein Schwank. Er braucht kein Schauspielhaus, keine Schaubühne, die Turnhalle sagt ihm zu. In der Turnhalle wurde eine Bühne aufgebaut, davor stehen Festbank-Garnituren, linksgereiht und rechtsgereiht, ein breiter Mittelgang. Er ist der erste, der sich am Eingang der Turnhalle eine Eintrittskarte kauft, damit er ganz vorne sitzen kann. Die Kellnerin nimmt seine Bestellung auf – ein kleines Bier – und bringt es ihm umgehend. Als er bezahlen will, sagt sie: »Das ist doch nicht nötig. Zahlen Sie später, der Abend dauert noch lange.«

»Doch«, sagt er.

Die Turnhalle füllt sich kurz vor 20 Uhr, zu seiner Freude füllt sie sich sehr. Das Stück beginnt mit einer Verspätung von zehn Minuten, die ihn nervös machen. Just nachdem die ersten beiden Darsteller die Bühne betreten haben, steht er langsam auf. Er geht zum Mittelgang, dreht den Rücken zur Bühne und bleibt einen Augenblick stehen. Als er sich sicher ist, daß ihn alle im Mittelgang stehen sehen und daß er einigen Zuschauern sogar den Blick zur Bühne versperrt, geht er gemächlich los, zieht so viel Luft ein, bis sein Brustkasten aufgeblasen ist. Der Boden unter seinen Füßen wird immer länger und breiter. Seinen Blick richtet er nicht auf die Leute, er schaut nach vorne, zur großen Türe, zur Uhr darüber, es ist 20:15, zurück zur Türe, im Halbdunkel macht er die Türklinke aus. Kurz bevor er die letzten Tische und Bänke passiert, drosselt er sein Tempo, geht in Zeitlupe, um das Gefühl der ungeteilten Aufmerksamkeit unverwechselbar in sich zu notieren.

Dann läßt er seine Schritte federn, sein Atem kommt und geht schneller, in leichtem Schwindel streckt er den rechten Arm aus, rettet sich mit der Türklinke, macht einen Satz und läßt die Türe hinter sich ins Schloß fallen.

MARIE LUISE KASCHNITZ

# *Das letzte Buch*

Das Kind kam heute spät aus der Schule heim. »Wir waren im Museum«, sagte es. »Wir haben das letzte Buch gesehen.«

Unwillkürlich blickte ich auf die lange Wand unseres Wohnzimmers, die früher einmal mehrere Regale voller Bücher verdeckt haben, die aber jetzt leer ist und weiß getüncht, damit das neue plastische Fernsehen drauf erscheinen kann.

»Ja und«, sagte ich erschrocken, »was war das für ein Buch?« »Eben ein Buch«, sagte das Kind. »Es hat einen Deckel und einen Rücken und Seiten, die man umblättern kann.«

»Und was war darin gedruckt?« fragte ich. »Das kann ich doch nicht wissen«, sagte das Kind. »Wir durften es nicht anfassen. Es liegt unter Glas.« »Schade«, sagte ich.

Aber das Kind war schon weggesprungen, um an den Knöpfen des Fernsehapparates zu drehen. Die große weiße Wand fing an, sich zu beleben, sie zeigte eine Herde von Elefanten, die im Dschungel eine Furt durchquerte. Der trübe Fluß schmatzte, die eingeborenen Treiber schrien. Das Kind hockte auf dem Teppich und sah die riesigen Tiere mit Entzücken an. »Was kann da schon drinstehen«, murmelte es, »in so einem Buch.«

ALOIS BRANDSTETTER

## *Leihbücherei*

Die Literatur befindet sich in einer Krise. Die Bücherei befindet sich im ersten Stock. Unser Publikum ist treu und gemischt. Die Buchrücken machen ein buntes Bild. Der Herr Bürgermeister läßt mit seiner Familie auch bei uns lesen. Frauen sind lesehungrig. Der Familienroman kommt ihrem Wesen entgegen. Bestseller zirkulieren ununterbrochen. Der Glöckner von Notre-Dame ist trotz seines Fußleidens dauernd unterwegs. Auch die drei Musketiere sehen wir in unserem Depot selten. Ein Buch vom obersten Regal zu holen ist abenteuerlich. Thomas Mann geht prächtig, Heinrich ist nicht beliebt. Fratres saepe ingenio impares. Quo Vadis geht auch noch immer. Die Zeit bleibt aber nicht stehen. Wir gehen mit der Zeit. Eine Leihbibliothek, die rastet, rostet. Via mala ist prima. Désirée ist auf Monate hinaus vorbestellt. Anruf genügt nicht. Es gibt auch ausgesprochene Steher und Kleber. Die Früchte des Zorns könnten besser sein. Auch vom alten Mann hatten wir uns Meer versprochen. Mit Krieg und Frieden sind wir sehr zufrieden. Kara ben Nemsi gibt nicht nach. Den Mann ohne Eigenschaften hätten wir wirklich nicht einstellen brauchen.

Die Blechtrommel ist schon ganz abgegriffen. Gut gehende Bücher gehen leider schnell kaputt, schlechte halten sich ewig. Doktor Schiwago binden wir schon das dritte Mal, hält nicht. Ordnung ist alles. Die unbedeutenden Bücher stellen wir ganz hoch hinauf, die großen Erzähler der Weltliteratur stehen ganz unten, das ist praktisch. Rilke ist immer griffbereit. Nobelpreisträger sind am unteren Rücken deutlich gekennzeichnet.

## DIETER ZWICKY

# *Weltschönster Park*

Er räumt, seit Jahren, täglich von halb drei bis zwanzig nach drei mit seinem Leben auf, den Büchern, lesenderweise: Binnen Wochen werden die letzten Regale leer gefressen sein.

Sprechen müssen wird er dann nicht mehr.

Er sagt sich: »Die Worte werden dann in meinem Kopf sein. Dort werden sie alle Nachmittage lang Zeit an sich selber verwenden und sich aufsagen. Mir werde ich aufs blühendste nutzlos erscheinen und vollständig genügen, ausgedünnt, aufgelöst in idealen Parkworten etwa, die nichts anderes sein wollen als der sich selber zitierende, ja darstellende weltschönste Park.«

LUTZ RATHENOW

## *Die Macht der Worte*

Es war einmal einer, der dachte nur noch schlecht über seinen Staat. Allein der Name, drei Buchstaben, ein Insektenvernichtungsmittel klang ähnlich. Das Wort »Tod« fügte sich aus drei Buchstaben zusammen.

Alle seine Freunde stellten Auswanderungsanträge. Sie nannten das damals anders, aber das Wort »Reise« für diese Art Wegsiedelns zu benutzen, weigerte er sich strikt.

Er mochte gar nicht mehr über diesen Scheißstaat nachdenken, er wollte auch nicht westwärts ziehen. Einem Einfall nachgebend, beantragte er die Öffnung der Landesgrenzen. Schriftlich.

Kurz darauf geschah das.

Hoffnungsvoll beantragte er am Tag danach die Beseitigung des Staates, in dem er lebte. Innerhalb eines Jahres.

Dieser Auflösungsantrag wurde in der gewünschten Frist erfüllt. Der Staat verschwand in seinem Nachbarn.

Da erschrak der Antragsteller vor der Kraft seiner Worte und mühte sich inständig, ja keinen Wunsch mehr zu haben und ihn schon gar nicht aufzuschreiben.

Mein Gott, dachte er, aber jeder weitere Gedanke hätte für Gott gefährlich werden können.

So wanderte er aus in eine Gegend der Welt, in der seine Worte keine Allmacht besaßen.

KHALIL GIBRAN

## *Das Auge*

Das Auge sagte eines Tages: »Ich sehe hinter diesen Tälern im blauen Dunst einen Berg. Ist er nicht wunderschön?«

Das Ohr lauschte und sagte nach einer Weile: »Wo ist ein Berg? Ich höre keinen.«

Darauf sagte die Hand: »Ich versuche vergeblich, ihn zu begreifen. Ich finde keinen Berg.«

Die Nase sagte: »Ich rieche nichts. Da ist kein Berg.«

Da wandte sich das Auge in eine andere Richtung.

Die anderen diskutierten weiter über diese merkwürdige Täuschung und kamen zu dem Schluß: »Mit dem Auge stimmt etwas nicht.«

## ERNST BLOCH

# *Verschiedenes Bedürfen*

Man erzählt, ein Hund und ein Pferd waren befreundet. Der Hund sparte dem Pferd die besten Knochen auf, und das Pferd legte dem Hund die duftigsten Heubündel vor, und so wollte jeder dem anderen das liebste tun, und so wurde keiner von beiden satt.

AUGUSTO MONTERROSO

# *Wie das Pferd sich Gott vorstellt*

›Trotz allem, was gesagt wird, widerspricht die Vorstellung eines von Pferden bewohnten und von einem Gott in Pferdegestalt regierten Himmels dem guten Geschmack und der elementaren Logik‹, überlegte neulich das Pferd.

›Jeder weiß‹, fuhr es in seiner Überlegung fort, ›daß wir Pferde, falls wir fähig wären, uns Gott vorzustellen, ihn uns als Reiter vorstellen würden.‹

BRIGITTE SCHÄR

## *Sturz*

Aus dem Himmel war sie gefallen. Zum Wohle der Menschheit war es nicht. Mit ihr kamen Heuschrecken, Hagel, Flut und Flammen. Sie mordeten, sengten, zerschlugen und ertränkten alles, überall.

Der Himmel öffnete sich kein zweites Mal, um sie wieder zu empfangen.

## EVA AEPPLI

# *Der rote Faden*

Der rote Faden durchdrang den Baum mit Macht und spaltete ihn von oben bis unten.

Die zwei Hälften des Baums stürzten krachend zu Boden und gruben sich ihre eigenen Gräber.

Der rote Faden wandte sich, seines Lebensgrundes beraubt, nach oben, und verschwand im Himmel.

PETER STAMM

## *Als der Blitz einschlug*

Er wartete unter dem Vordach des kleinen Schuppens, wo Abfallcontainer standen, neben sich die Sporttasche mit dem Wenigen, das er in der Eile eingepackt hatte. Schon nach der kurzen Strecke von der Haustür hierher war er durchnäßt vom Regen. Er trug keinen Mantel, und erst jetzt merkte er, wie kalt es geworden war. Er schaute zum Haus zurück, als ein Blitz den Himmel erhellte. Für den Bruchteil einer Sekunde sah er die Frau oben am Fenster stehen. Sie hatte den Vorhang zurückgeschoben und schaute hinaus, als suche sie ihn. Das Kind, das sie im Arm trug, schien zu schlafen. Da rannte er los, ließ die Tasche stehen und rannte quer über die Wiese. Einmal glitt er aus auf dem nassen Gras, rappelte sich wieder hoch. Bei der Ausfahrt der Siedlung hielt er nicht an. Er war schon ein gutes Stück der Hauptstraße entlanggelaufen, als der Streifenwagen ihm entgegenkam. Das helle Blau des Blinklichts vermischte sich mit dem Orange der Quecksilberdampflampen.

## JOHANN PETER HEBEL

# *Hutregen*

Am unbegreiflichsten ist es, daß es einmal Soldatenhüte soll geregnet haben. Ein Bürger aus einem kleinen Landstädtchen irgendwo in Sachsen soll eines Nachmittags nicht weit von einem Berg auf seinem Felde gearbeitet haben. Auf einmal ward der Himmel stürmisch; er hörte ein entferntes Donnern; die Luft verfinsterte sich; eine große schwarze Wolke breitete sich am Himmel aus, und ehe der gute Mann es sich versah, fielen Hüte über Hüte rechts und links und um und an aus der Luft herab. Das ganze Feld war schwarz, und der Eigentümer desselben hatte unter vielen Hunderten die Wahl. Voll Staunen lief er heim, erzählte, was geschehen war, brachte zum Beweis davon soviel Hüte mit, als er in den Händen tragen konnte, und der Hutmacher des Orts mag keine große Freude daran gehabt haben. Nach einigen Tagen erfuhr man aber, daß hinter dem Berg in der Ebene ein Regiment Soldaten exerziert hatte. Zu gleicher Zeit kam ein heftiger Wirbelwind oder eine sogenannte Windsbraut, riß den meisten die Hüte von den Köpfen, wirbelte sie in die Höhe über den Berg hinüber, und ließ sie auf der anderen Seite wieder fallen. So erzählt man. Ganz unmöglich wäre wohl die Sache nicht. Indessen gehört doch eine starke Windsbraut und folglich auch ein starker Glaube dazu.

GÜNTER BRUNO FUCHS

## *Geschichte vom Brillenträger in der Kaserne*

Er sieht sich um, sieht, daß Treppenstufen verwischen, Holzkreuze, Holzkreuze, Holzkreuze an Flurfenstern selbständig werden.

Hastig drückt er die Brille auf die Nase, vergewissert sich: Es sind ja Fensterfassungen, es sind ja Werkstücke eines Bautischlers, die das Fensterglas halten.

OTTO WAALKES

## *An den allerobersten General (von allen)*

Betrifft: Ich möchte nicht in den Krieg.

Sehr geehrter Herr General!

Ich möchte hiermit gern den Wehrdienst verweigern. Ich habe zwar noch keinen Einberufungsbefehl von Ihnen, doch ich möchte jetzt schon verweigern – freiwillig. Ich möchte nämlich keine falschen Hoffnungen aufkommen lassen – ich meine, daß Sie und Ihre Freunde von der Generalität sich auf irgendwelche kriegerischen Handlungen einlassen, weil Sie auf meine Mitarbeit zählen – ich meine, wenn Sie bei Ihrer Kriegserklärung gleich berücksichtigen könnten, daß ich nicht – ich meine, nicht das deutsche Volk erklärt den Krieg, sondern: »Das deutsche Volk außer Herrn Brendel erklärt Ihnen hiermit ...« Falls das nicht zuviel Umstände macht – nein? Ich glaube, Sie haben ganz fest mit mir gerechnet, wie? Sehen Sie, das wußte ich! Deswegen schreibe ich Ihnen auch jetzt schon – nicht erst dann, wenn's richtig losgehen soll – ich meine, wenn ich dann erst verweigern würde, dann wären Sie doch erst recht sauer, oder?

Das aber möchte ich auf keinen Fall, ganz herzlich

Ihr Berthold Brendel

## IZET SARAJLIĆ

### *Der Tourismus meiner Alten*

Jeden 5. September raffen sich meine Alten, mit vielen unnötigen Sachen beladen, zu einem 15-tägigen Ferienaufenthalt in Herceg Novi auf. Mein Vater erträgt das Meer nicht, auch meiner Mutter gefällt es nicht sehr, aber so können sie sich gegen Abend auf eine Bank am Strand setzen und zur Insel Mamula hinüberschauen, wo am 16. Juli 1942 ihr erstgeborener Ešo erschossen wurde. Ich bin sicher, daß meine Mutter ein bißchen Kirschenlikör in einem kleinen Fläschchen mit dabei hat. Ešo hat ihn immer aus der Küche geklaut. Und so sitzen meine Alten im abendlichen Herceg Novi und schauen auf den Punkt, welcher der letzte Aufenthaltsort von Ešos Erdenleben war. Unglaublich traurig ist der Tourismus meiner Alten. Ich wünsche ihn niemandem. Niemals.

FRANZ HOHLER

# *Die Taube*

Eine Taube flog über das Kriegsgebiet und wurde vom Rotorblatt eines Kampfhelikopters zerfetzt.

Eine ihrer schönen weißen Federn schwebte in den Hof eines Hauses, wo sie von einem Kind aufgelesen wurde.

Kurz darauf mußten die Großeltern und die Mutter mit dem Kind flüchten.

»Wir nehmen nur das Nötigste mit«, sagte die Mutter, raffte ein paar Kleider zusammen und stopfte sie mit ihren Dokumenten und etwas Geld und Schmuck in einen Koffer, der Großvater füllte zwei Flaschen mit Wasser, die Großmutter packte das letzte Brot, einige Äpfel und eine Schokolade ein.

Das Kind nahm die Feder mit.

ANDREA KÄLIN

## *Der Fremde*

Kennst Du ihn? Was, wen? Na, ihn. Was heißt, du kennst ihn nicht? Da steht er doch. Ja, der. Wenn du zu ihm willst, mußt du geradeaus, dann links, nachher rechts und dann wieder links. Ich? Nein, das sagte ich nie. Ich kenne diesen Mann nicht. Aber wenn du ihn kennst, kenne ich ihn auch. Also geh hin zu ihm und frage, ob du ihn kennst. Wenn er sagt: »Nein«, dann kennst du ihn nicht, und wenn du ihn nicht kennst, dann kenne ich ihn auch nicht, und er kennt mich nicht. Dich kennt er dann also auch nicht. Darum kennen wir ihn beide nicht, und er kennt uns beide nicht. Wenn er aber sagt: »Ja«, dann kennst du ihn, und wenn du ihn kennst, dann kenne ich ihn auch, und er kennt mich, und er kennt dich. Also kennen wir ihn beide und er kennt uns beide. Also geh jetzt. Was hat er gesagt? Was, er kennt uns nicht? Eben, dann kennt er mich nicht, und er kennt dich nicht, wir kennen ihn beide nicht, und er kennt uns nicht. Die Sache ist geklärt.

GÜNTER GRASS

## *Sophie*

Nie wieder nehme ich dieses Kind auf ein Begräbnis mit. Es lacht und findet alles lustig. Schon vor der Abdankungskapelle, wo sich die Leidtragenden sammeln, wird es steif vom Kampf mit der Komik. Ich bemerke, wie die Kränze und Sargträger ihm zusetzen. Doch erst das offene Grab und das Schäufelchen für die dreimal Erde lassen in ihm ein Gelächter wachsen, das überläuft, nein ausbricht, sobald das allgemeine Beileidaussprechen beginnt.

Heute, als die noch junge Frau eines Familienfreundes zu Grabe getragen wurde und der Freund sich seiner offenen Verzweiflung nicht schämen wollte, verdarb ihm das Gelächter die Tränen. Auch als ich dem Kind seinen lachenden Mund mit feuchter Erde stopfte, bis er still war, konnte der Freund nicht weinen und blieb verärgert.

WALTER BENJAMIN

## *Zu spät gekommen*

Die Uhr im Schulhof sah beschädigt aus durch meine Schuld. Sie stand auf »zu spät«. Und auf den Flur drang aus den Klassentüren, die ich streifte, Murmeln von geheimer Beratung. Lehrer und Schüler dahinter waren Freund. Oder alles schwieg still, als erwarte man einen. Unhörbar rührte ich die Klinke an. Die Sonne tränkte den Flecken, wo ich stand. Da schändete ich meinen grünen Tag, um einzutreten. Niemand schien mich zu kennen, auch nur zu sehen. Wie der Teufel den Schatten des Peter Schlemihl, hatte der Lehrer mir meinen Namen zu Anfang der Unterrichtsstunde einbehalten. Ich sollte nicht mehr an die Reihe kommen. Leise schaffte ich mit bis Glockenschlag. Aber es war kein Segen dabei.

## RUTH SCHWEIKERT

# *Vom Atem zum Stillstand*

Der achtjährige Michael reißt dem sechsjährigen Lukas die Fliegenklatsche mit Gewalt aus der Hand und schreit: Wenn ich dich so einfach mit einem Schlag töten würde! Die Fliegen halten sich an der Tapete fest und verharren regungslos, und Lukas weint laut und haut der Mutter, die in der Dämmerung erschöpft bereits im Bett liegt (den Tag haben sie in der IKEA verbracht, die Kinder im Videoraum, wo sie, wie es über dem Videoraum als Forderung geschrieben steht, auf sich selbst aufgepaßt haben), eins auf den Kopf, und im Flur klingelt das Wandtelefon. Die Mutter stürzt sich aus dem Bett und rennt ans Telefon, erleichtert, nicht unmittelbar auf den Schlag des Kindes reagieren zu müssen (zurückschlagen, Liebesentzug, Nahrungsmittelentzug, Konsequenzen ziehen, welche?), und erfährt mit unwillkürlich angehaltenem Atem, vor wenigen Minuten sei G. gestorben, ein Freund seit Kindertagen, genauer, denkt sie, mein einziger Freund seit den Kindertagen, an keiner erkennbaren Ursache, versichert seine Mutter, zufällig sei sie mit drei Paar frischgewaschenen Tennissocken bei ihrem dreißigjährigen Sohn vorbeigekommen, der einen Schritt zurückgewichen sei, um sie zu begrüßen, ein altes Ritual, sagt sie, wir begrüßen uns, indem wir, kaum haben wir einander gesehen, je einen Schritt zurückweichen und den Atem anhalten, um einander besser wahrzunehmen, und seither verharre er regungslos und ohne zu atmen an die Wand gelehnt, als halte er sich daran für immer fest. Sein Herz habe vor Minuten einfach zu schlagen aufgehört, ein Notarzt sei unterwegs, G. ist tot, sagt die Mutter leise zu den Kindern; ist er nicht, schreit Lukas und weicht einen Schritt vor ihr zurück, du lügst. Ist er doch, sagt Michael und zeigt auf die Fliege, und die Mutter schweigt und schraubt das Büchergestell aus der IKEA mit Absicht falsch zusammen, die Tablare zeigen ihr Inneres, die nackte Spanplatte, dem Betrachter.

## JAIRO ANÍBAL NIÑO

### *Mutterschaft*

Nach neun Monaten Schwangerschaft bringt das Kind eine Mutter zur Welt.

FRIEDERIKE MAYRÖCKER

# *Kindersommer*

Wir fahren immer schon im Mai nach Deinzendorf. Endlose Landstraße mit wilden Apfelbäumen, Feld und Anger. Das große grüne Tor mit der strahlenförmigen Zierde im Oberteil, die kühle Halle, der Holztisch, der helle Hof, hinten die nur geahnte Schaukel. Dann zwei Stufen zur Küche hinauf, ein Steinboden wie ein Schachbrett : einmal schwarz, einmal weiß, und rechts und links davon meine wundersame Zimmerflucht : die gelben Zimmer liegen rechts, die schwarzen mit dem Blick in den riesigen rätselhaften Garten, links. In den gelben sind feierliche Schränke und gute Tische, Tagwände, Sonnenkringel und lauter Morgenfenster, einmal auch die Sicht auf die birkenwelke Fronleichnamsprozession, und für ein paar Wochen das Duften der Robinien. Dort, an der Brücke, steht der heilige Nepomuk mit verblühten Blumen im Arm.

## KHALIL GIBRAN

### *Eure Kinder*

Und ein Weib, den Säugling an der Brust, sagte: Sprich uns von den Kindern.

Und er sprach:

Eure Kinder sind nicht eure Kinder.

Durch euch kommen sie, doch nicht von euch. Und sind sie gleich bei euch, gehören sie dennoch euch nicht.

Eure Liebe möget ihr ihnen geben, doch nicht eure Gedanken, denn sie haben ihre eigenen Gedanken.

Ihre Körper möget ihr versorgen, doch nicht ihre Seelen, denn ihre Seelen wohnen im Hause des Morgen, das ihr nicht besuchen könnet, nicht einmal in euren Träumen.

Ihr möget streben zu werden wie sie, doch suchet nicht sie euch gleich zu machen.

Denn das Leben schreitet nicht rückwärts, noch hält es sich auf mit Gestern.

Ihr seid der Bogen, von dem eure Kinder, gleich lebenden Pfeilen, abgesandt werden.

Der Schütze sieht das Ziel auf dem Pfade der Unendlichkeit, und er biegt euch mit seiner Kraft, daß seine Pfeile schnell fliegen mögen und weit.

Gebogen zu werden durch des Bogners Hand, sei euch Glück; denn gleich, wie er den Pfeil liebt, der fliegt, also liebt er den Bogen, der sicher ist.

HEINRICH WIESNER

## *Tierfreunde*

In der Parkanlage schlägt eine Mutter ihr Kind. Das weinende Kind stört. Alle blicken beleidigt hinüber.

Beim Rosenbeet schlägt ein Mann seinen laut heulenden Hund. Die Leute erheben sich von den Bänken, eilen hinzu, bilden einen Kreis und können sich vor Empörung nicht fassen.

TASLIMA NASRIN

## *Das Haus von Shashikanta*

Ich wollte das Königshaus sehen, und mein Onkel sagte, ja, das mußt du sehen, und nahm mich bei der Hand. Wir gingen in viele Richtungen und erreichten schließlich ein kleines Haus. Ich war erstaunt. Warum ist des Königs Haus so – so feucht, ein dunkles, schmutziges Zimmer? Ich sah eine Maus umherhuschen. Wo ist das Königshaus, wollte ich wissen. Das ist des Königs Haus, sagte der alte Mann. Und nun zieh deine Unterhose aus und leg dich aufs Bett. Ich wunderte mich, wenn ich das Königshaus sehen will, sollte ich deswegen meine Hose aufknöpfen – ist das Vorschrift? Der Mann legte sich auf meinen kleinen Körper und drang in mich ein. Als ich 15 war, ging ich allein zum Haus des Königs. Wenn du des Königs Haus sehen willst, solltest du immer alleine hingehen.

RAFIK SCHAMI

## *Straflos*

Heute ist die Welt voller Pläne, wie man Kinder am schnellsten zu Erwachsenen macht. Kindheit ist kein Zeitabschnitt. Kindheit ist ein Lebewesen, das nun nach und nach wie viele liebenswerte Lebewesen ausgerottet wird. Die Kinder der ganzen Welt gehören ihren Völkern nicht. Sie sind ein über den Erdball zerstreutes eigenes Volk, das nun besiegt durch die erwachsenen Völker unter den Bedingungen des Siegers ein Sklavenleben fristet.

Begonnen haben die Sportschänder, die ihre Athleten und Athletinnen immer jünger auswählten, bis wir nun im Turnen bei Kindern aus dem Kindergarten gelandet sind. Ihre Leistung ist enorm, ihr Körper ist bereits zerstört, bevor sie ihn aufbauen konnten. Bei Schach und Computer erwiesen sich die Kinder als die Aufnahmefähigsten. Es ist keine Seltenheit mehr, daß Zwölfjährige einen Computerexperten von Weltrang mit ihrem Wissen verwirren.

Auch Kuriere, Schmuggler und Killerkommandos der Drogenmafia wurden immer jünger, bis sie bei verwaisten Zehnjährigen die geeignetsten fanden, mit ungeheurer Gelassenheit auf die Opfer zuzugehen und sie kaltblütig niederzustrecken. Strafe? Es sind Kinder, die auf der Straße leben und täglich hungern. Gefängnis ist für sie ein Aufstieg. Für den Raub des kleinsten Wertgegenstandes gibt es auf der ganzen Welt eine Strafe, doch alle rauben straflos die Kindheit, eben weil das Kindervolk in einer permanenten Niederlage lebt.

## NICOL CUNNINGHAM

### *Die ersten Schwierigkeiten*

Meine ersten Schwierigkeiten hatte ich mit Vorhängen. Ich kam mit wenig Geld hier an und wollte mich beim Möbelkauf nicht überstürzen. Eine Wohnung nahm ich, aber dabei blieb es; ich schlief im Schlafsack auf dem Holzboden und wartete bessere Zeiten ab. Es war Parkettboden, ziemlich stark gewichst, und die Wichse stank – es war nicht angenehm, mit der Nase so nah am Boden bessere Zeiten abzuwarten.

Dann kam er – der erste Brief aus diesem Lande.

Sehr geehrter Herr,

auf unserer Inspektionsreise vom 19. Juni mußten wir feststellen, daß in Ihrer Mietwohnung – Sonnenstraße 1, Parterre links – immer noch keine Vorhänge angebracht waren, obwohl Sie bereits seit 1. April diese Wohnung bezogen haben. Wir können diesen Zustand nicht mehr länger dulden und bitten Sie, die Angelegenheit so bald wie möglich in Ordnung zu bringen.

Mit freundlichen Grüßen
Die Verwaltung

BEAT STERCHI

# *Aufräumen*

So, jetzt wird hier aber einmal aufgeräumt! Ab sofort kommen die Kleider auf den Stuhl, die Schuhe vor die Tür und alle Spielsachen in die Truhe. Die Bilderbücher kommen ab sofort aufs Regal, die schmutzigen Kleider in die Wäsche, die Jacke in den Schrank, die Gläser zurück in die Küche, der Teller in den Abwasch und der Hut an den Haken. Ab sofort kommen die Puppen in ihren Korb, der Besen in die Ecke, die Hände auf den Tisch, das Hemd in die Hose, der Müll in einen Sack und der Sack vors Haus. Ab sofort kommen auch die Fahrräder in den Keller, der Hund kommt an die Kette, der Wagen in die Garage. Das gefallene Laub kommt auf den Kompost, die leeren Flaschen kommen zur Sammelstelle. Jetzt wird einmal aufgeräumt! Jetzt kommt jedes Ding an seinen Ort, jeder Mensch an seinen Platz und jedes Herz auf den rechten Fleck. Jetzt bekommen Pflanzen und Bäume Wasser, streunende Katzen bekommen neue Besitzer, die Obdachlosen eine Wohnung, die Vertriebenen eine Heimat. Ab sofort kommen die Soldaten nach Haus. Ab sofort kommen die Analphabeten in die Schule, die Hungrigen in die Küche, die Kranken in Pflege. Die Schwachen kommen zum Sportverein, die Dicken in den Arbeitsdienst. Ab sofort kommen die Klugen an die Macht. Die Minderbemittelten kommen zum Finanzminister, die Hochtrabenden auf den Boden, die Faulen an die Luft, ab sofort kommen die Betrüger vor Gericht, die Schmarotzer in die Pflicht, die Blender in die Dunkelheit und die im Dunkeln ans Licht.

URS WIDMER

## *Polizist!*

Tief in deinem Herzen drin bist du wie ich, aber irgendwie hat es dich in deine grüne Uniform hineingeschlagen. Polizist! Tief in meinem Herzen drin bin ich auch wie du, aber auch mich hat es in meine Uniform hineingeschlagen. Zufall oder schicksalshafte Fügung? Du willst auch nicht, daß dein Haus abgerissen wird und daß an deinem Himmel Giftgaswolken hängen, aber plötzlich stehst du dann in Reih und Glied vor einer Giftgasfabrik, mit einem Plexiglasschild in der einen Hand und Tränengasbomben in der andern. Polizist! Schöner grüner Polizist! Nimm diese Rose aus meinem Rosengarten und steck sie an deine Jakke, so daß man deine Dienstnummer nicht mehr sehen kann, und dann zeig es mir mal tüchtig.

KURT SCHWITTERS

# *Wenn jemand unliniert ist*

Wenn jemand unliniert ist, so muß er immer wieder feststellen, daß die Welt liniert ist. Wie ein Zebra ist die Welt in Streifen geteilt, und dabei hat sie doch nur ein einziges Fell. Auf den Linien ist die Welt beschrieben, und dadurch unterscheidet sie sich von dem Zebra, das meistens nur selten beschrieben ist. Das liegt aber wiederum daran, daß man auf Fell schlecht schreiben kann. Wie ein unbeschriebener Briefbogen läuft das arme Zebra nun in der Welt herum, welche im Gegensatz zu ihm von links nach rechts beschrieben ist.

## SILVIA BOVENSCHEN

### *Altersdummheit*

Eines Tages waren die Leute, die das Land regierten, nicht mehr alle älter als ich, sondern mehrheitlich in meinem Alter. Das hat mich erschreckt und ich war erstaunt über mein Erschrecken, und ich versuchte ihm auf den Grund zu gehen, und ich ertappte mich bei einer uneingestandenen idiotischen Annahme. Nicht, daß ich von den älteren Politikern zuvor sehr viel gehalten hätte, ganz im Gegenteil, aber ich muß doch insgeheim (vor mir selbst verborgen) gedacht, gehofft, angenommen haben, daß den Älteren, allen Älteren, und somit auch den älteren Politikern, im Zuge des Alterns ein verstecktes unsichtbares Weisheitspotential zuwüchse. Jetzt selber älter, wußte ich aus eigener Erfahrung, daß dem nicht so ist und daß die Politiker genau das, und allein das waren, was ich von ihnen immer schon hielt. Uneingestandene Hoffnungen machen dumm.

FAUSI KHALIL

## *Aufenthaltsbewilligung*

Welche Aufenthaltsbewilligung haben Sie?
Haben Sie B?
Haben Sie C?
Was solltest du ihnen sagen?
Du hast F.
Hier endet das Gespräch.
Hier beginnt das Verhör.

MARTIN R. DEAN

## *Schweiztauglich*

Von meiner Basler Wohnung aus ist es nur ein Steinwurf bis nach Deutschland und Frankreich. Steige ich aufs Fahrrad oder besteige einen Zug, bin ich schon jenseits der Grenze, im Ausland. So einfach könnte es gehen, wären da nicht die Grenzbeamten, die es auf mich abgesehen haben. Meine schweizerisch-karibische Abstammung, an meinem Aussehen erkennbar, läßt sie Verdacht schöpfen. Schnurstracks wetzen sie an allen anderen Passagieren vorbei auf mich zu, um meine Papiere zu prüfen. Ich zücke meinen Schweizer Paß, als wärs ein gefälschtes Dokument, und meine Identität beginnt sachte zu flirrren, spielt, im Schatten der über mich gebeugten Beamtenkörper, in den Bereich des Möglichen hinüber. Auf meine leise vorgebrachte Beschwerde hin entschuldigen sich die Beamten mit dem Hinweis, eine Kontrolle sei schließlich nichts Ehrenrühriges. Das mag korrekt sein, aber meine Identität ist um einige Verdachtsmomente verrutscht, ich könnte viele sein und nicht nur der, der ich bin. Trotz Schweizer Paß ist meine Identität weder diesseits noch jenseits der Grenze garantiert; die Grenze ist die Schallmauer, an der sie für Augenblicke aufsplittert.

1920 überschritt meine von der Insel Rügen kommende Großmutter als junge Emigrantin die Schweizer Grenze in Basel. Sie mauserte sich im Laufe der Jahre in eine Musterschweizerin, die den Schmerz des Ausgegrenztwerdens als Putzwut an jedem Interieur ausließ: Kanten, Leisten und Möbel polierte sie unermüdlich zu jenem metaphysischen Glanz, den sie als Beweis ihrer Schweiztauglichkeit vorwies. Sie wurde zu einer Frau ohne Land, ohne Herkunft, ohne Geschichte. In ihren letzten Jahren erst kehrte sie – in herausgebrabbelten Traumresten – auf die Insel zurück.

JÜRG AMANN

## *Nachtasyl*

Weil auf dem Afrikaner, der also offenbar illegal in unser Land einreisen will, nach seiner Landung in Zürich-Kloten bei der Personenkontrolle keine Papiere gefunden werden und er sich auch nicht verständlich machen kann, warum er zum Beispiel in unser Land hereinkommen will, in einer unserem Zollpersonal von ferne bekannten Sprache, wird er, bis zur Abklärung des Falles bei der zuständigen höheren Stelle, vorübergehend in eine Abstellkammer des Flughafengebäudes geschlossen. Es ist alles da, was er braucht: Bett, Eimer, Warm- und Kaltwasser. Aber weil man ihm ja nichts Näheres, seine Umstände Betreffendes erklären kann, insbesondere nicht das vorübergehende an ihnen, das offenbar auch gar nicht für wünschenswert hält, jedenfalls keinen Dolmetscher beizieht, der mit ihm sprechen könnte, und er also nicht wissen kann, was das alles bedeutet, hängt er sich über Nacht auf. So daß sich sein Fall also von selber erledigt.

## LINUS REICHLIN

### *Einseitig*

Eine junge Frau erhängte sich in ihrer Zelle mit dem Kabel eines Tauchsieders, aber das ist eine einseitige Darstellung. Richtig ist, daß ihr Tee während des 9stündigen Dauerverhörs kalt geworden war und der Wärter ihr zum Aufwärmen den Tauchsieder überließ, an dessen Kabel die junge Frau sich erhängte, aber das ist wiederum eine einseitige Darstellung. Richtig ist, daß die Frau keinen Tee mehr trinken wollte oder konnte, nachdem man sie durch gefälschte Briefe verunsichert, durch die fortgesetzte Nötigung, gegen ihren Freund auszusagen, geschwächt und zu guter Letzt durch den Ratschlag, sie solle sich doch aufhängen, dazu gebracht hatte, den Tauchsieder nicht zum Wärmen des Tees zu gebrauchen, sondern um sich daran aufzuhängen, am Kabel des Tauchsieders, den der Wärter ihr gab, aber das ist einseitig dargestellt.

Richtig ist, daß er ihn ihr aus Mitleid gab. Dann war ihr aber nicht ums Trinken zumute, auch wegen des Briefs nicht, in dem ihr Freund anonym der Untreue bezichtigt wurde und der, wie ein Journalist herausfand, von einem Verwandlungskünstler der Polizei gefälscht worden war, aber das ist die himmeltraurigste aller einseitigen Darstellungen. Richtig ist, daß der Journalist wegen einseitiger Darstellung von seiner Zeitung entlassen wurde, und richtig ist ferner, daß die Wahrheit immer einseitig ist, selbst wenn man die Mörder auch zu Wort kommen läßt.

ALEXANDER SOLCHENIZYN

## *Der Ulmenstamm*

Wir sägten Holz, griffen dabei nach einem Ulmenbalken und schrien auf. Seit im vorigen Jahr der Stamm gefällt wurde, war er vom Traktor geschleppt und in Teile zersägt worden, man hatte ihn auf Schlepper und Lastwagen geworfen, zu Stapeln gerollt, auf die Erde geworfen – aber der Ulmenbalken hatte sich nicht ergeben!

Er hatte einen frischen grünen Trieb hervorgebracht – eine ganze künftige Ulme oder einen dichten, rauschenden Zweig. Wir hatten den Stamm bereits auf den Bock gelegt, wie auf einen Richtblock; doch wagten wir nicht, mit der Säge in seinen Hals zu schneiden. Wie hätte man ihn zersägen können? Wie sehr er doch leben will – stärker als wir!

ANNE CUNEO

# *Mein Baum*

In drei Wochen, sechs vielleicht, werde ich tot sein. So behauptet es die Wissenschaft. Ich wollte die Wahrheit wissen, da hat man sie mir gesagt.

Zu meinem Baum, schnell. Er muß mir beistehen, den Schock aufzufangen. Mit geschlossenen Augen an den Stamm gelehnt, lasse ich mich niedergleiten. Wo sind denn die vertrauten Schrunden? Ich dreh mich um. In der Rinde klafft ein riesiger Riß. Er bleckt wie eine Wunde, die sich bis zum Boden zu einem Dreieck weitet. Das nackte Holz schaut hervor, im Kontakt mit der Luft fast grau geworden – zart, wie frische Wundhaut.

Hat man dem Stamm zwei-drei Äste abgeschlagen – so wie man mir zwei-drei Drüsen entfernt hat, »zufällig waren es die am stärksten befallenen, aber die andern sind auch verloren«? Ich schmiege die Wange gegen das Holz.

Vorwärts, mein Alter, oder Du verreckst. Vorwärts oder Du verreckst. Du wirst mich doch jetzt nicht im Stich lassen. Sanft wiegt sich der Baumwipfel in der Höhe. Das tröstet mich – wir werden weiterkommen.

Wir haben überlebt.

## RABINDRANATH TAGORE

# *Der Befehl*

Ich hab meinen Urlaub erhalten, so sagt mir lebwohl, meine Brüder. Ich neige mich allen und nehm meinen Abschied!

Hier geb ich zurück die Schlüssel des Tors – und verzichte auf allen Anspruch im Hause. Ich bitte nur noch um letzte gütige Worte von euch.

Wir waren Nachbarn lang, doch empfing ich mehr als ich geben konnte. Der Tag bricht an, die Lampe erlosch, die mir den dunklen Winkel erhellte. Ein Befehl kam zu mir, ich bin fertig zur Reise.

## LEO TOLSTOJ

# *Der Greis und der Tod*

Ein Greis hatte Holz gefällt, lud es sich auf und ging heimwärts. Der Weg war weit; der Greis ermüdete, warf das Bündel ab und sagte: »Ach, wenn bloß der Tod käme!« Der Tod kam und sagte: »Hier bin ich, was willst du von mir?« Da erschrak der Greis und sagte: »Hilf mir, das Bündel aufzuheben.«

## ERNST JANDL

### *das gleiche*

beim empfang der nachricht vom tod seiner mutter sah ich meinen vater zum ersten mal weinen. meine mutter hielt ihn wie ein kind und streichelte seinen kopf.

als mir wenige jahre später das gleiche zustieß, bemühte ich mich vergeblich, dem beispiel meines vaters zu folgen. allerdings hatte ich auch keine mutter, mich zu halten.

RUT PLOUDA

## *Am Tag deines Begräbnisses*

Jemand hat dich am Tag deines Begräbnisses im Schneidersitz auf dem Dachfirst unseres Hauses gesehen. Du hast auf die Menge herabgeschaut und gelacht. Du hast jedem Einzelnen mit der Hand gewinkt und ihn mit dem Namen begrüßt.

OSCAR PEER

# *Friedhof in Lavin*

Von oben gesehen verliert sich die Kirche in einem Labyrinth.

Ich orientiere mich am Grab meines Vaters – das dritte auf der Innenseite, zwischen Kirchenschiff und Turm.

Bei deinem Begräbnis gab's diese breite Straße noch nicht, mit den Autos, die dort vorbeirasen. Es gab nur den Bahnhof, wo du Dienst gehabt hattest: Geleise, Holzstapel, Transportgüter, Wagen hin und zurück, zuhinterst die Weiche, die du zwanzigtausend Mal gekippt hast von Hand – Sisyphus, der die Hoffnung nicht aufgibt.

Als man dich begrub, wirst du müde gewesen sein. Ich erinnere mich: ein Novembertag mit braunem Feld und Rabengekrächz, das heisere Glockengetön, die heisere Stimme des Geistlichen. Und als man dich ins Grab senkte, nahte draußen ein Zug und hielt gerade hinter der Friedhofmauer.

## BOTHO STRAUSS

# *Der Arglose*

Ich kenne die Geschichte eines Mannes, der zum Othello wurde und seine Frau erwürgte zwanzig Jahre nach einer Affäre, die sie angeblich mit seinem besten Freund gehabt hatte. Er entdeckte Indizien für ihre Untreue erst im Nachlaß seines Freunds, den er nicht mehr zur Rede stellen konnte.

Der Gedanke ließ ihn nicht mehr los, daß seine Frau, die er unverbrüchlich liebte, ihn zwanzig Jahre in dieser elenden Täuschung eingesperrt hatte. In Wahrheit aber konnte er den *Gedanken an seine Arglosigkeit* nicht ertragen. Den Gedanken, daß sie ihn in seiner Arglosigkeit zwanzig Jahre lang still beobachtet, wenn nicht gar bemitleidet hatte. Sein Mangel an Argwohn brachte ihn nachträglich zur Raserei. Nicht die, die ihn vermutlich betrogen hatte, wollte er töten, sondern jene einzige Zeugin seiner erbärmlichen Arglosigkeit.

ALFONSINA STORNI

## *Mein Herz*

Die Hände lege ich auf mein Herz und fühle, wie verzweifelt es schlägt.

Was möchtest du?

Es antwortet: Deine Brust aufbrechen, Flügel haben, die Wände durchbohren, kreuz und quer durch die Häuser und wie verrückt durch die Stadt fliegen, ihm begegnen, seine Brust weiten und mich mit seinem Herzen vereinen.

# *A.*

Es fehlt mir A.s Nähe. Es fehlt mir ihr Atem, es fehlt mir, daß sie mich anschaut. Es fehlen mir die Gespräche mit ihr.

Gewiß fehlt mir auch ihre Erotik. Wir waren immerzu gegenseitig verführbar.

Seit ihrem Tod habe ich festgestellt, daß mich Frauen plötzlich mit anderen Augen anschauen. Ich bin wohl wieder auf dem erotischen Markt. Vorher, das wußten alle, habe ich A. gehört. Ich war tabu.

Der erotische Markt hat sich indessen grundlegend verändert. In jungen Jahren war er immens groß. Es gab bestimmte Regeln, an die sich alle hielten. Man legte sich vielleicht eine Nacht lang zusammen ins Bett. Am andern Morgen hat man sich freundlich verabschiedet. Und wenn eines von beiden nicht mehr wollte, war klar, daß es aus war.

In älteren Jahren wird offenbar viel verbissener gekämpft. Die Unbeschwertheit ist weg, man redet von tragfähiger Partnerschaft, von Beziehungs- und Konfliktfähigkeit. Die Frauen wollen ihr Recht einfordern, obschon es in Sachen Liebe kein Recht geben kann. Liebe ist ein Geschenk.

Folglich halte ich mich zurück.

ROBERT WALSER

## *Ich grüße zur Zeit ein Mädchen*

Ich grüße zur Zeit ein Mädchen, das ich täglich sehe, sehr eigentümlich, indem ich den Kopf nicht neige, sondern in die Höhe werfe, wie Soldaten es tun beim Anblick von Vorgesetzten. Das Mädchen wurde bereits ziemlich stutzig. Was für einen ernsten Blick ich ihr jedesmal zuwerfe! Sie zuckt zusammen, wenn ich sie grüße, läuft davon, als fürchte sie sich. Nur ihr gegenüber wende ich diese stolze, wahrhaft großartige Art von Gruß an. Was hat das zu bedeuten? Ich will es sagen. Sie ist in einer Buchhandlung, Verlagsbuchhandlung angestellt, und ich grüße in ihr mein Gewerbe. Ich grüße sämtliche in ihrer und in allen anderen Buchhandlungen befindlichen geistigen Werke. So herausfordernd, achtunggebietend wurde nie gegrüßt. Sie wagt mich kaum anzublicken, ich habe sie mit meinem Gruße ganz scheu gemacht, aber das schadet nichts. Jedenfalls habe ich Wirkung auf sie ausgeübt, wie Dichter auf Leser einwirken. Sie versteht mich nicht recht, das erklärt sich leicht. Wie kann sie auf den Gedanken kommen, ich wolle mich mit dem Spezialgruß selbst respektieren. Es gibt sehr gedankenlose, aber auch sehr bewußte Grüße. Quäl' ich das Mädchen? Und wenn auch! So erlebt sie einmal in ihrem Leben, wie sich Schriftsteller benehmen, die ihres Wertes eingedenk sind.

## THEODOR W. ADORNO

### *In einer andern Nacht:*

Ich unterhielt mich mit meiner Freundin X über die erotischen Künste, deren ich sie für mächtig hielt. Dabei fragte ich sie, ob sie es par le cul könne. Sie begegnete der Frage mit viel Verständnis und antwortete, an manchen Tagen könne sie es, an manchen nicht. Heute gerade sei es unmöglich. Mir schien das ganz plausibel, doch dachte ich darüber nach, ob es die Wahrheit oder ein Vorwand sei, nach Dirnenart sich mir zu entziehen. Da erklärte sie, sie könne andere, weit schönere, ungarische Dinge, von denen ich gewiß noch nichts gehört hätte. Auf meine begierige Frage antwortete sie: nun, zum Beispiel Babamüll. Sie begann mir das auseinanderzusetzen. Es stellte sich aber bald heraus, daß es bei der vermeintlichen Perversität um eine höchst komplizierte, mir ganz undurchsichtige, aber offenbar illegale Finanzoperation sich handelte, etwas wie eine gefahrlose Methode, ungedeckte Checks auszugeben. Ich machte sie darauf aufmerksam, daß das mit den versprochenen Liebesdingen doch gar nichts zu tun habe. Doch überlegen und unnachgiebig bedeutete sie mir, ich müsse scharf aufmerken und Geduld haben, das andere komme schon. Da ich aber den Zusammenhang längst nicht mehr begriff, so verzweifelte ich daran, je zu erfahren, was Babamüll sei.

ELSE LASKER-SCHÜLER

## *An mich*

Meine Dichtungen, deklamiert, verstimmen die Klaviatur meines Herzens. Wenn es noch Kinder wären, die auf meinen Reimen tastend meinetwegen klimperten. (Bitte nicht weitersagen!) Ich sitze noch heute sitzengeblieben auf der untersten Bank der Schulklasse, wie einst … Doch mit spät versunkenem Herzen: 1000 und 2-jährig, dem Märchen über den Kopf gewachsen.

Ich schweife umher! Mein Kopf fliegt fort wie ein Vogel, liebe Mutter. Meine Freiheit soll mir niemand rauben, – sterb ich am Wegrand wo, liebe Mutter, kommst du und trägst mich hinauf zum blauen Himmel. Ich weiß, dich rührte mein einsames Schweben und das spielende Ticktack meines und meines teuren Kindes Herzen.

RAINER MARIA RILKE

# *Jemand erzählt*

Jemand erzählt von seiner Mutter. Ein Deutscher offenbar. Laut und langsam setzt er seine Worte. Wie ein Mädchen, das Blumen bindet, nachdenklich Blume um Blume probt und noch nicht weiß, was aus dem Ganzen wird.–: so fügt er seine Worte. Zu Lust? Zu Leide? Alle lauschen. Sogar das Spucken hört auf. Denn es sind lauter Herren, die wissen, was sich gehört. Und wer das Deutsche nicht kann in dem Haufen, der versteht es auf einmal, fühlt einzelne Worte: »Abends« … »Klein war …«

## ISTVÁN ÖRKÉNY

# *Zu Hause*

Das Mädchen war erst vier Jahre alt, und sicherlich waren seine Erinnerungen verschwommen. Um ihm die bevorstehende Änderung bewußt zu machen, ging seine Mutter mit ihm an den Stacheldrahtzaun und zeigte ihm von weitem den Zug.

»Freust du dich gar nicht? Dieser Zug wird uns nach Hause bringen.«

»Und was ist dann?«

»Dann sind wir zu Hause.«

»Was ist denn zu Hause?« fragte das Kind.

»Wo wir vorher gewohnt haben.«

»Und was ist da?«

»Kannst du dich noch an deinen Teddy erinnern? Vielleicht gibt es sogar noch deine Puppen.«

»Mama«, fragte das Kind. »Gibt es zu Hause auch Wächter?«

»Nein, dort gibt es keine.«

»Dann können wir von dort doch fliehen, nicht, Mama?« fragte das Mädchen.

RICHARD WAGNER

# *Mutti und Vati*

Am Abend erzählte Mutti Vati ein Märchen. Aber Vati hörte nicht zu, und Mutti erzählte das Märchen noch einmal. Dann las Vati die Zeitung und hörte wieder nicht zu, und Mutti mußte das Märchen noch einmal erzählen. Und dann setzte sich Vati vor den Fernseher und schaute sich ein Fußballspiel an. Da konnte er wieder nicht zuhören, und Mutti mußte das Märchen noch einmal erzählen. Je öfter aber Mutti das Märchen erzählte, desto kürzer wurde es. Zuletzt bestand es nur noch aus einem einzigen Satz. Den sagte Mutti schon aus dem anderen Zimmer. Dann fiel die Tür hinter ihr zu, und damit war das Märchen aus.

LUKAS BÄRFUSS

## *Hänsel und Gretel*

Wenn ich ehrlich bin, scheint im Rückblick das meiste ungewiß. Drei Dinge jedoch sind sicher: Die Maden, der Ofen und die Hagebutten. Brot half nichts, schon gar nicht, wenn man es auf einen Weg streute.

Es gab faulige Röhrlinge, welche der Junge unter einer alten Eiche fand. In einer Dickung lag ein totes Kitz, nach zwei Tagen Hunger klaubte der Knabe die Maden aus dem Aas, den Rest ließ er liegen. Sie aßen sie, als wären es Beeren.

Schrecklich waren die Hagebutten, aus denen in mühseliger Arbeit die Kerne zu entfernen waren. Das war an jenem Tag, an dem sie auf die Lichtung traten. Das Haus zu betreten war offensichtlich ein Fehler, doch Großmüttern war nicht zu mißtrauen.

Die folgende Katastrophe war also nicht deswegen eine, weil irgend jemand eingesperrt wurde oder ein Vertrauen mißbraucht wurde. Vertrauen war dazu da, mißbraucht zu werden, und Kinder wurden immer eingesperrt. Solange man dabei gefüttert wurde, war dagegen kaum etwas einzuwenden.

Der Ofen allerdings hatte keine erzählerische Funktion, sondern sollte nur eine Aussage über die Nationalität der Kinder machen. Selbstverständlich waren sie deutscher Abstammung, auch wenn es ein Österreicher, Trakl, war, der am größten mit ihnen litt. Er berichtete über die Heimkehr der Kinder: »Am Waldsaum zeigt sich scheues Wild und friedlich/Ruhn im Grund die alten Glocken und finsteren Weiler.«

Diese Worte beweisen, daß tiefes Mitleid der Lüge bedarf. Es gab nämlich keine Heimkehr. Die Geschwister fanden vielleicht das Haus und die Eltern, doch zogen sie weiter. Denn niemals trauen sich Kinder den Schlaf unschuldiger Bauern zu stören. Selbst dann nicht, wenn diese Kinder Mörder sind und die Schlafenden Vater und Mutter.

GEORG BÜCHNER

# *Märchen*

Es war einmal ein arm Kind und hat kei Vater und kei Mutter war Alles tot und war Niemand mehr auf der Welt. Alles tot, und es ist hingegangen und hat greint Tag und Nacht. Und weil auf der Erd Niemand mehr war, wollt's in Himmel gehn, und der Mond guckt es so freundlich an und wie's endlich zum Mond kam, war's ein Stück faul Holz und da ist es zur Sonn gegangen und wie's zur Sonn kam, war's ein verreckt Sonneblum und wie's zu den Sterne kam, warens klei golde Mück, die waren angesteckt wie der Neuntöter sie auf die Schlehe steckt und wie's wieder auf die Erde wollt, war die Erd ein umgestürzter Hafen und war ganz allein und da hat sich's hingesetzt und geweint und da sitzt es noch und ist ganz allein.

JÜRG SCHUBIGER

# *Im Tram*

Eine alte Frau überquert das Trassee zwischen den Traminseln. Vorsichtig bewegt sie sich auf dem hartgetretenen Schnee, indem sie den Stock als drittes, verläßlichstes Bein benützt. Ihretwegen muß die Tramführerin den Wagen stoppen, bevor er bei der Haltemarke angelangt ist. Hörbar nur für die Passagiere und doch ganz an die Alte gewendet, ruft die Trämlerin aus der Kabine: Bisch nöd ellei uf de Wält, Mami!

Die Alte hat die jenseitige Insel nun beinahe erreicht. Der rechte Fuß und der Stock sind schon oben; sie ist noch damit beschäftigt, den linken Fuß nachzuziehen. Dabei sieht sie aus wie ein Mensch, der allein auf der Welt ist.

DRAGICA RAJČIĆ

## *Sieben Tanten*

Sieben Tanten zu haben ist ein Wunder. Gewöhnlich nennt sich dies Wunder beischlaff des Großvaters in der nähe der Großmutter (einzelheiten bekannt).

Sieben Tanten waren es und keine lebt mehr. Sieben Tanten mußten in der Welt hinaus um Platz zu machen für den einzigen Bruder.

Was zehlen schon sieben Tanten wenn Thronfolger in der hutte kommt. Hier werde diese geschichte zum glücklichen ende wenn Thronfolger nicht sieben Tochter zeugte. Sie verblieben in dem Dorf. Jetzt kommt glückliche ende. Ein Krieg. Alle waren erledigt.

PETER BICHSEL

# *Die Kleider der Witwen*

Hätte sie ihn kremieren lassen, dann wäre er in ein Urnengrab gekommen, nun aber müsse sie auch noch das Grab bezahlen, das hätte sie nicht gewußt, erzählt die eine.

Sie trägt einen roten – irgendein Rot – Pullover, selbstgestrickt mit kompliziertem Muster, und die andere trägt – hat an – eine weißgraue Nylonbluse mit grauweißem Muster, in der Meinung, es sei dezent, und auf die Frage, wie es ihr gehe, antwortet sie, sie dürfe nicht klagen.

Die dritte hat einen Rock oder ein Kleid oder so etwas. An die vierte erinnere ich mich nicht mehr.

Und die fünfte fragt, wieviel sie denn bezahlt habe, die zweite, für die Beerdigung ihres Mannes.

Sie hatten alle einmal einen Mann.

KONSTANTIN KAVAFIS

## *Kleider*

In einer Truhe oder einem Möbel aus kostbarem Ebenholz werd ich die Kleider meiner Lebzeit verwahren. Die Kleider, die blauen. Dann die roten, die schönsten von allen. Dann die gelben. Und letztendlich wieder die blauen, doch viel zerschlissener diese letzten als die ersten. Ich werd sie verwahren, viel Ehrfurcht und Trauer im Herz. Trag ich einst schwarze Kleider, werd ich wohnen in einem schwarzen Haus, in einem dunklen Raum, werd manchmal das Möbel öffnen, voller Freude, Sehnsucht, Verzweiflung.

Ich betrachte dann die Kleider und erinn're mich der großen Feier – die dann ganz zuende. Vollkommen beendet. Die Möbel durcheinander über die Säle verstreut. Teller und Gläser zerbrochen auf dem Boden. Alle Kerzen heruntergebrannt. Fort alle Geladenen. Wenige müde Gäste in finsteren Häusern sitzen dann einsam wie ich – andre, noch müder, haben sich schlafen gelegt.

## AGLAJA VETERANYI

# *Die Notiz*

Ich möchte vor dir sterben, hatte sie immer liebevoll gesagt.

Das ist ihr vor drei Jahren gelungen.

Jetzt sitzt er mit Hut und Mantel auf der Toilette.

Alles Gemeinsame hat er in Zeitungspapier eingewickelt und in Kisten verpackt, seine Wohnung sieht aus wie eine leere Fabrikhalle. Das Essen bekommt er von der Stadtküche. Meistens muß er nach dem Essen erbrechen. Wenn nicht, macht er ein paar Schritte ums Haus. Er liest keine Zeitung, keine Bücher, hört auch keine Musik mehr. Draußen ist es Tag oder Nacht.

Heute ist sie zum 1080stenmal gestorben. Er sitzt in der Toilette und schreibt in ein kleines Büchlein: *Ich möchte vor dir sterben.*

WILHELM GENAZINO

## *Zwei Kilo Orangen*

Heute habe ich in der Straßenbahn eine Plastiktüte mit zwei Kilo Orangen liegengelassen. Ich ging auf die andere Seite der Haltestelle und wartete auf die Rückkehr der Bahn. Ich wollte die Orangen wiederhaben, nein, ich wollte sie nicht wiederhaben. Es müßte schön sein, verschwundene Orangen wiederzusehen. Aber wahrscheinlich war es nur töricht, wegen einiger Orangen noch einmal in die Gegenrichtung zu fahren. Beim Wiedereinsteigen war ich überzeugt, daß ich sie verloren hatte, doch dann sah ich unter meinen Sitzplatz von vorhin und entdeckte am Boden die Tüte mit den Orangen. Im gleichen Augenblick wußte ich, daß ich sie nicht wiederhaben wollte. Sie sahen nur noch mir gehörig aus, gehörten mir aber nicht mehr. Gerade deswegen wollte ich sie unbedingt wiederhaben. Nach zwei weiteren Haltestellen war ich sicher, daß die Orangen und ich eine unzerstörbare Einheit waren. Deswegen konnte ich wenig später die Bahn ohne meine Orangen verlassen. Nur verlorene Orangen sind meiner heutigen Zwiespältigkeit gewachsen.

FERNANDO PESSOA

## *Geld*

Geld ist schön, weil es eine Befreiung bedeutet.

Nach Peking reisen und dort sterben wollen und das nicht zu können, gehört zu den Dingen, die auf mir lasten, wie die Idee einer künftigen Weltkatastrophe.

Die Käufer unnützer Dinge sind klüger als sie selbst meinen – sie kaufen kleine Träume. Beim Ankauf sind sie Kinder. Alle kleinen nutzlosen Gegenstände, deren Wink sie zum Kauf veranlaßt hat, besitzen sie in der glücklichen Haltung eines Kindes, das Muscheln am Strand aufliest – ein Bild, das mehr als irgendein anderes das ganze mögliche Glück enthält. Muscheln am Strand auflesen! Niemals sind für das Kind zwei Muscheln gleich. Es schläft ein mit den beiden schönsten in der Hand, und wenn es sie verliert oder wenn man ihm sie wegnimmt – was für ein Verbrechen! ihm Teile der Seele zu rauben! ihm Teile seines Traums zu rauben! – weint es wie ein Gott, dem man sein eben geschaffenes Universum wegnimmt.

ELIAS CANETTI

## *Freude an Preissteigerungen*

Er wandert durch die Straßen der Stadt, sieht in jedes Schaufenster und ist glücklich, weil alles teurer geworden ist. Gegenstände, die ihm früher gleichgültig waren, reizen ihn jetzt zum Kauf. Er ist besorgt, daß alles plötzlich billiger werden könnte, bevor er teuer genug eingekauft hat. Er lächelt den Verkäufern zu, die sich schämen möchten und alle entweder schuldig oder unverschämt dreinblicken. Er muntert sie auf: Nur höher! höher! Könnte ich nicht dasselbe teurer haben? Aber sie mißverstehen ihn und meinen, er will eine bessere Qualität. Er möchte gegenwärtig sein, wenn Preise in die Höhe gehen; immer geschieht es hinter seinem Rücken, nachts, wenn die Läden geschlossen sind.

WOLF WONDRATSCHEK

## *Der Hundertmarkschein*

Eine Frau verkauft auf der Straße einen Hundertmarkschein für fünfundneunzig Mark. Der Geldschein ist echt. Die Passanten machen einen Bogen um die Frau. 15 Minuten später muß sie im Präsidium sehr schwierige Fragen beantworten.

BERND-LUTZ LANGE

## *Einmalig*

Ein Volk ging im Herbst 1989 auf die Straße und gab dadurch den Banken ihr Eigentum zurück.

Sie hatten ihre Häuser als erste wieder.

Als das Schild »Staatsbank der DDR« abgenommen wurde, kam im Stein in verblichenen Buchstaben »Deutsche Bank« zum Vorschein. Etwas Goldbronze war schnell zur Hand und der vierzigjährige Schlummer der zwölf Buchstaben beendet.

Die Welt war wieder heil.

Aber hat sich die Bank bei Ihnen bedankt?

CHRISTINE NÖSTLINGER

## *Morgenworte*

»Zeit ist Geld! Zeit ist jede Menge Geld!« sprach Meier senior tagtäglich zu Meier junior, und dann machte er sich an die Arbeit.

Vom frühen Morgen bis in die späte Nacht hinein arbeitete er und gönnte sich kein bißchen Zeit für andere Dinge als Arbeit. Und so hatte er auch keine Zeit zum Geldausgeben. Reich und immer reicher wurde er. Dann starb er eines Tages, und Meier junior erbte das ganze Geld.

»Ich will es meinem Vater gleichtun«, sprach Meier junior.

»Wie hat er doch tagtäglich zu mir gesagt?« Lange dachte Meier junior nach, denn leider war er ein Morgenmuffel und hatte seines Vaters Morgenworte nie so recht mitbekommen. Endlich meinte er, sich genau erinnern zu können. »Ach ja«, rief er, »Geld ist Zeit! Das hat der gute Alte immer gesagt! Geld ist jede Menge Zeit!«

Und dann kündigte Meier junior seinen Job und lebte vom Geld, das ihm Meier senior hinterlassen hatte, und er hatte tatsächlich jede Menge Zeit für andere Dinge als Arbeit.

PETER BICHSEL

## *Zeit*

Der Lebenslängliche, befragt, wie er das aushalte oder mache all diese Jahre im Gefängnis, antwortet: »Weißt du, ich sage mir immer, die Zeit, die ich hier verbringe, müßte ich draußen auch verbringen.«

JOHANN PETER HEBEL

## *Was in Wien drauf geht*

Eine große Stadt hat einen großen Magen, und braucht im Winter einen großen Ofen. In Wien aber sind in einem Jahr, vom 1. November 1806 bis dahin 1807 geschlachtet und verspeist worden: 66 795 Ochsen, 2133 Kühe, 75 092 Kälber, 47 000 Schafe, 120 000 Lämmer, 71 800 Schweine.

Viel Fleisch kostet viel Brot. Daher wurden verbraucht: 487 000 Zentner Weißmehl, 408 000 Zentner gemein Mehl.

Zu einem guten Bissen gehört ein guter Trunk. Also ist getrunken worden 522 400 Maß Wein, 674 000 Maß Bier.

Etwas Gutes ißt und trinkt man gern in einer warmen Stube. Sind verbrannt worden 281 000 Klafter Holz und 156 000 Meß Steinkohlen.

So viel kann drauf gehen in einer Stadt. Und wird doch hie und da Einer hungrig ins Bett gegangen, und an manchem Fenster Eiszäpflein gehangen sein.

Und an manchem vollem Tisch ist Einer gesessen und hat nicht essen mögen vor Betrübnis; und in manchen Becher voll köstlichen Ungar-Weins ist auch eine Träne gefallen.

ROBERT GERNHARDT

## *Die Richtigstellung*

In unserer Rechtsberatung hat sich leider ein Fehler eingeschlichen. Statt »Wie zeugt man einen Schmierer?« muß die Überschrift »Wie schmiert man einen Zeugen?« heißen. Außerdem sollte es statt »Einer der bekanntesten Knabberkekse sagte mir einmal ...« »Einer der bekanntesten Rechtsanwälte sagte etc.« lauten.

## JAN CORNELIUS

### *Die Überraschung*

»Guck mal!«, sagte der Mann. »Heute hab ich Geburtstag, und du hast mich noch gar nicht überrascht!«

»Wie könnte ich dich denn überraschen?« fragte die Frau, und der Mann sagte: »Kauf mir zum Beispiel einen schönen Wagen!«

Da ging die Frau zur Bank, hob 30000 Euro ab, begab sich damit zu einem Autohändler und kaufte für ihren Mann einen schönen Wagen.

»Das ist keine Überraschung mehr!«, sagte der Mann. »Denn das war ja meine Idee!«

»Stimmt!« sagte die Frau. Dann stieg sie hinab in den Keller, nahm eine große Axt und schlug den Wagen in tausend Stücke.

Da war der Mann sehr überrascht.

## MICHAEL AUGUSTIN

# *Ueberall Frauen*

Zunächst bemerke ich es überhaupt nicht.

Doch irgendwann beginne ich zu stutzen. Seit gut einer Dreiviertelstunde bin ich in der Innenstadt unterwegs, habe gleich nach dem Frühstück meine Wohnung verlassen, um ein bißchen unter die Menschen zu kommen. Und erst jetzt fällt mir auf, daß diese Menschen – ohne Ausnahme – aus Frauen bestehen. Ja, ich bin sicher, in all dieser Zeit keinem einzigen Mann begegnet zu sein. Dabei hätte mir schon gleich vor der Haustür ins Auge springen müssen, daß unser hinkender Postbote durch eine zwar auch hinkende – aber immerhin doch veritable – Frau vertreten wurde. Anstelle des alten Mannes im Zeitungskiosk diente heute eine ältere Dame. Wo ich auch hingucke: überall Frauen! Schrumpelige Muttchen mit beigen Einkaufstaschen und dem entsprechenden Schuhwerk, kleine Mädchen mit Plastikkirschen im Haar und eine erfreuliche, begeisternde Vielzahl herrlichster junger Frauen in allen Größen und Strumpffarben.

Angesichts dieser riesigen, fabelhaften und inspirierenden weiblichen Gesellschaft bleibe ich kurz vor einer spiegelnden Fensterscheibe stehen, um mein Aeußeres in dieser doch verführerischen Situation zu überprüfen und gegebenenfalls herzurichten. Mit einem gewissen Schrecken muß ich jedoch feststellen, daß auch ich eine Frau bin.

## KURT MARTI

# *Das Besondere*

Immer nur flüchtig erscheint das Besondere am Rande des Alltäglichen: just im Augenblick, da du abfährst, ans Telefon geholt wirst, oder vor Arbeit nicht weißt, wo dir der Kopf steht – Sekunde, Flügelschlag, aus! Hättest du später dann Zeit, so bleibt es weg. Nie will es erwartet sein. Unvermutet erscheint es, dir ungelegen, stets ungeduldig: jetzt oder nie! Also fast nie. Die Ordnung der Pflichten bleibt undurchlässig für diesen Clown oder Engel.

ANJA TUCKERMANN

## *Am Bahnhof Zoo*

Noch 30 Minuten und es ist Dezember Dezember bedeutet dunkel bedeutet Winter Kälte leckt die Beine hinauf die Schuhsohlen sind immer zu dünn wenn man steht noch 26 Minuten die Wärme versammelt sich woanders zieht ihre Reserven aus den Füßen ab färbt die Augen rosa du kommst wann kommst du noch 23 Minuten diese Uhr hat keinen Sekundenzeiger alle Gedanken beschäftigen sich mit der Uhr die die Minuten fallen läßt eine nach der andern noch 14 und wenn du nicht im Zug bist und wenn du mich nicht siehst und fortgehst und wenn du dich nicht freust und wenn ich zerspringe bevor der Zug einfährt Dezember bedeutet der Himmel liegt auf den Grasspitzen hängt bis an die Bordsteinkanten die Augenlider kämpfen gegen den Nebel bedeutet die Arme sind krumm denn die Hände verkriechen sich in den Jackenärmeln noch 1 Minute die Uhr wirft die Minuten mir vor die Füße eine nach der andern schon 9 die Wangen frösteln ich zerspringe nicht ich klirre und wenn der Zug nicht kommt schon 16 Minuten und wenn du vorher an einem andern Bahnhof aussteigst und wenn du überhaupt nicht in den Zug eingestiegen bist hast du es dir anders überlegt kommst du wer wärmt mir die Haut weich?

FRANZ KAFKA

# *Gibs auf!*

Es war sehr früh am Morgen, die Straßen rein und leer, ich ging zum Bahnhof. Als ich eine Turmuhr mit meiner Uhr verglich, sah ich, daß es schon viel später war, als ich geglaubt hatte, ich mußte mich sehr beeilen, der Schrecken über diese Entdeckung ließ mich im Weg unsicher werden, ich kannte mich in dieser Stadt noch nicht sehr gut aus, glücklicherweise war ein Schutzmann in der Nähe, ich lief zu ihm und fragte atemlos nach dem Weg. Er lächelte und sagte: »Von mir willst du den Weg erfahren?« »Ja«, sagte ich, »da ich ihn selbst nicht finden kann.« »Gibs auf, gibs auf«, sagte er und wandte sich mit einem großen Schwunge ab, so wie Leute, die mit ihrem Lachen allein sein wollen.

GERTRUD LEUTENEGGER

## *Vogelperspektive*

Wartend auf dem Flughafen, eingeschlossen schon im Bauch der Maschine, uns selbst nur noch ein Schatten hinter den erleuchteten Fensterzeilen, ist uns (wir hören noch schwach die bröckelnden Reste triumphaler Musik auf dem Sender), wir flögen für immer in die Höhe und fielen für immer ins Nichts, Dörfer und Flüsse jetzt fern gestrichelt im Blick, auf einmal kennen wir die wahnwitzige Versuchung, durch die Endlosigkeit des teilnahmslosen Himmels Bomben zu werfen, wie schnell werden wir zu Gespenstern.

BERTOLT BRECHT

## *Ueberzeugende Fragen*

»Ich habe bemerkt«, sagte Herr K., »daß wir viele abschrecken von unserer Lehre dadurch, daß wir auf alles eine Antwort wissen.

Könnten wir nicht im Interesse der Propaganda eine Liste von Fragen aufstellen, die uns ganz ungelöst erscheinen?«

## MICHAEL AUGUSTIN

### *Lektüre*

Nicht ohne ein gewisses Befremden halte ich das Buch in den Händen. Denn jedes Wort, das ich lese, ganze Sätze und Kapitel verschwinden, sobald mein Auge sie erfaßt hat. Ich schlage zwei Seiten zurück und blicke auf weißes Papier. Ich blättere vor und fahre in meiner Lektüre fort. Wie ein Radiergummi gleitet mein Blick über die Seiten, wie ein Staubsauger, und nähert sich dem Ende der Geschichte. Im letzten Moment kneife ich die Augen zu. So bleibt wenigstens der Schluß.

# DIE QUELLEN

*Daniil Charms*, »Halt!« aus: »Die Kunst ist ein Schrank«, hrsg. u. übersetzt von Peter Urban, Friedenauer Presse, Berlin, 1992.

*Johann Peter Hebel*, »Der vorsichtige Träumer« aus: »Schatzkästlein des rheinischen Hausfreundes«, Reclam, Stuttgart, 1981.

*Ror Wolf*, »Gefrierende Nässe« aus: »Nachrichten der bewohnten Welt«, Frankfurter Verlagsanstalt, Frankfurt am Main, 1991.

*Arnold Stadler*, »Hier« aus: »Ich war einmal«, Residenz Verlag, Salzburg, 1999.

*Elfriede Jelinek*, »Da glauben wir immer« (Titel vom Herausgeber) aus: »Wolken.Heim«, © Steidl Verlag, Göttingen 1990.

*Sarah Kirsch*, »Hahnenschrei« aus: »Irrstern«, © 1986 Deutsche Verlags-Anstalt, München.

*Gerhard Meier*, »Einzig der Baumbestand ändert«, aus: »Papierrosen«, Zytglogge Verlag, Bern, 1976.

*Adelheid Duvanel*, »Der Nachmittag« aus: »Wände, dünn wie die Haut«, GS-Verlag, Basel, 1979.

*Franz Hohler*, »Mord in Saarbrücken« aus: »Die blaue Amsel«, Luchterhand Literaturverlag, München, 1995. © beim Autor.

*Peter Weber*, »Sonnenküsse« aus: »Sonnengeschichten«, NOSEV, Kreuzlingen, 1994.

*Fernando Pessoa*, »Zu Beginn des Nachmittags« (Titel vom Herausgeber) aus: »Das Buch der Unruhe des Hilfsbuchhalters Bernando Soares«, aus dem Portugiesischen übersetzt und revidiert von Inés Koebel, © 2003 by Ammann Verlag & Co., Zürich.

*Erik Satie*, »Morgendämmerung (zur Mittagszeit)« aus: »Schriften«, übersetzt von Evi Pillet, Regenbogen-Verlag, Zürich, 1980.

*Caddo-Indianisch*, »Genesis« aus: Hans-Magnus Enzensberger »Geisterstimmen«, Suhrkamp Verlag, Frankfurt am Main, 1999.

*Eduardo Galeano*, »Die Aufgabe der Kunst« aus: »Das Buch der Umarmungen«, Peter Hammer Verlag, Wuppertal, 1991, übersetzt von Erich Hackl.

*Klaus Merz*, »Zur Entstehung der Alpen« aus: »Kurze Durchsage«, © Haymon Verlag, Innsbruck-Wien, 1995, S. 110.

*Jürg Schubiger*, »Gold in Alaska« aus: »Als die Welt noch jung war«, Beltz & Gelberg, Weinheim, 1995.

*Robert Gernhardt*, »Legende« aus: »Die Blusen des Böhmen«, Verlag Zweitausendeins, Frankfurt, 1977, © Robert Gary Lardt, durch Agentur Schlück. Alle Rechte vorbehalten.

*Stefan Ineichen*, »Das fahrende Hotel« aus: »himmel und erde, 101 sagengeschichten aus der schweiz und von ennet der grenzen«, Limmat Verlag, Zürich, 2003.

*Wjatscheslaw Kuprijanow*, »Das Ding« (Titel vom Herausgeber) aus: »Muster auf Bambusmatten«, Alkyon Verlag, Weissach i.T., 2001.

*Leo Tolstoj*, »Der gelehrte Sohn« aus: »Das neue Alphabet«, Erzählungen, Märchen und Fabeln, Verlag Stocker-Schmid, Dietikon-Zürich, 1968, übers. v. W. Lange, A. Gerstmann und R. E. L. Schart.

*István Örkény*, »Söhne« aus: »Minutennovellen«, Suhrkamp Verlag, Frankfurt am Main, 2002, übers. Terézia Mora.

*Daniil Charms*, »Fabel« aus: »Paradoxes«, Verlag Volk und Welt, Berlin, 1983, übers. von Ilse Tschörtner.

*Luigi Malerba*, »Das Huhn und die Mafia« aus: »Die nachdenklichen Hühner«, Berlin, 1984, © Verlag Klaus Wagenbach, Berlin.

*F. J. Bogner*, »Vom Tiger und dem Hühnchen« aus: »F.J. BOGNERS grosses kritisches FABEL-BUCH«, Nold Verlag, Frankfurt a.M., 2005, © beim Autor.

*Jairo Aníbal Niño*, »Die Überwachung« aus: »Los papeles de Miguela«, Carlos Valencia Editores, Bogotà, 1993, übers.v. Franz Hohler.

*Augusto Monterroso*, »Der Dinosaurier« aus: »Cuentos«, Alianza Editorial, 1986, übers. Franz Hohler.

*Brigitte Schär*, »Falle« aus: »Auf dem hohen Seil«, eFeF-Verlag, Zürich, 1991.

*Klaus Merz*, »Fahndung« aus: »Garn«, © Haymon Verlag, Innsbruck-Wien 2000, S. 31.

*Wolfdietrich Schnurre*, »Beste Geschichte meines Lebens« (Titel vom Herausgeber) aus: »Der Schattenfotograf«, List Verlag, München, 1978, © beim Autor.

*Heiner Müller*, »Der glücklose Engel« aus: »Gedichte«, Suhrkamp Verlag, Frankfurt am Main, 1992.

*Aglaja Veteranyi*, »Warum ich kein Engel bin« aus: »Vom geräumten Meer, den gemieteten Socken und Frau Butter«, © 2004 Deutsche Verlags-Anstalt, München.

*Bertolt Brecht*, »Herr Keuner und die Flut« aus: »Gesammelte Werke«, Suhrkamp Verlag, Frankfurt am Main, 1967.

*Hans Blumenberg*, »Rettungen ohne Untergänge« aus: »Die Sorge geht über den Fluss«, Suhrkamp Verlag, Frankfurt am Main, 1987.

*Saša Stanišić*, »Wunsch« aus: »Wie der Soldat das Grammofon repariert«, © 2006 Saša Stanišić, »Wie der Soldat das Grammofon repariert«, Luchterhand Literaturverlag, München.

*Gerhard Amanshauser*, »Das Glück des Kardinals« aus: »SALZ, Salzburger Literaturzeitung«, Nr. 76, Juli 1994.

*Beat Gloor*, »Vor der Hölle« aus: »Alpenkrokodile, Minutengeschichten«, Cosmos Verlag, Muri bei Bern, 1996.

*Tania Kummer*, »Theater«, Originalmanuskript.

*Marie Luise Kaschnitz*, »Das letzte Buch«, Ges. Werke, Band 3, Insel Verlag, Frankfurt am Main, 1982.

*Alois Brandstetter*, »Leihbücherei« aus: »Landessäure«, Reclam Universalbibliothek, Stuttgart, 1986.

*Dieter Zwicky*, »Weltschönster Park« aus: »Reizkers Entdeckung«, bilgerverlag, Zürich, 2006.

*Khalil Gibran*, »Das Auge« aus: »Der Narr«, Walter Verlag, Olten, o. J.

*Ernst Bloch*, »Verschiedenes Bedürfen« aus: »Spuren«, Suhrkamp Verlag, Frankfurt am Main, 1969.

*Augusto Monterroso*, »Wie das Pferd sich Gott vorstellt« aus: »Das gesamte

Werk und andere Fabeln«, Diogenes Verlag, Zürich, 1973, übersetzt von Inke Schulze-Kraft. Die Rechte liegen beim Übersetzer.

*Brigitte Schär*, »Sturz« aus: »Auf dem hohen Seil«, eFeF-Verlag, Zürich, 1991.

*Eva Aeppli*, »Der rote Faden« aus: »Le Mot Tombé Du Ciel«, Editions du Centre Culturel Suisse, Paris, 1989, übersetzt von Christian Rossa.

*Peter Stamm*, »Als der Blitz einschlug«, Originalmanuskript.

*Johann Peter Hebel*, »Hutregen« aus: »Werke 1. Band: Vermischte Schriften«, Insel Verlag, Frankfurt am Main, 1968, hrsg. von Eberhard Mechel.

*Günter Bruno Fuchs*, »Geschichte vom Brillenträger in der Kaserne« aus: »Zwischen Kopf und Kragen«, Berlin 1967, 1989, © Verlag Klaus Wagenbach, Berlin.

*Otto Waalkes*, »An den allerobersten General (von allen)« aus: »Das Buch Otto«, © 1980 Hoffmann und Campe Verlag, Hamburg.

*Izet Sarajlić*, »Der Tourismus meiner Eltern« aus: »Izabrana Dijela«, Verlag Veselin Masleša, Sarajewo,1990, übersetzt von Jelena Boban.

*Franz Hohler*, »Die Taube«, Originalmanuskript.

*Andrea Kälin*, »Der Fremde«. Mit dieser Geschichte hat sich Andrea, damals 11-jährig, aus der 5. Klasse in Willerzell, 1992 an einem Geschichtenwettbewerb der »schweizer jugend« beteiligt.

*Günter Grass*, »Sophie« aus: »Günter Grass: Gedichte und Kurzprosa« (Werkausgabe, Band 1). © Steidl Verlag, Göttingen 1997/2002.

*Walter Benjamin*, »Zu spät gekommen« aus: »Berliner Kindheit um neunzehnhundert«, Suhrkamp Verlag, Frankfurt am Main, 1987.

*Ruth Schweikert*, »Vom Atem zum Stillstand« aus: WoZ, Nr. 20, Zürich, 19. Mai 1995.

*Jairo Aníbal Niño*, »Mutterschaft« aus: »Los papeles de Miguela«, Carlos Valencia Editores, Bogotà, 1993, übers. v. Franz Hohler.

*Friederike Mayröcker*, »Kindersommer« aus: Gesammelte Prosa III 1987–1991«, Suhrkamp Verlag, Frankfurt am Main, 2001.

*Khalil Gibran*, »Eure Kinder« (Titel vom Herausgeber) aus: »Der Prophet«, Hyperion-Verlag, München, 1925, 2007, übers. v. Georg-Eduard Freiherr von Stietencron.

*Heinrich Wiesner*, »Tierfreunde« aus: »Kürzestgeschichten«, Lenos Verlag, Basel, 1980.

*Taslima Nasrin*, »Das Haus von Shashikanta« aus: Das Magazin, Nr. 40, Zürich, 8.10.1994.

*Rafik Schami*, »Straflos« aus: WoZ, Zürich, 23. Dez. 1994.

*Nicol Cunningham*, »Die ersten Schwierigkeiten« aus: »Der Briefeschreiber«, Zytglogge Verlag, Bern, 1975.

*Beat Sterchi*, »Aufräumen« aus: ZeitSchrift (Reformatio), Heft 3, Juni 1997.

*Urs Widmer*, »Polizist!« aus: »Vom Fenster meines Hauses aus«, Diogenes Verlag, Zürich, 1977.

*Kurt Schwitters*, »Wenn jemand unliniert ist« aus: »Das literarische Werk«, DuMont Buchverlag, Köln, 1973–81.

*Fausi Khalil*, »Aufenthaltsbewilligung« aus: »Hier beginnt das Verhör«, Paranoia City Verlag, Zürich, o.J..

*Martin R. Dean*, »Schweiztauglich«, Originalmanuskript.

*Jürg Amann*, »Nachtasyl« aus: »Onkel Jodoks Enkel«, hrsg. von Rudolf Bussmann und Martin Zingg, Lenos Verlag, Basel, 1988, © beim Autor.

*Linus Reichlin*, »Einseitig« aus: züri-tip, Dezember, Zürich, 1986.

*Alexander Solschenizyn*, »Der Ulmenstamm« aus: »Im Interesse der Sache«, Luchterhand, Neuwied und Darmstadt, 1970, © Fayard.

*Anne Cuneo*, »Mein Baum« aus: »35Zeilen-Geschichten«, Werd Verlag, Zürich, 1989, © bei der Autorin.

*Rabindranath Tagore*, »Der Befehl« aus: »Sangesopfer« (Gitanjali), Kurt Wolff Verlag, München, o.J., übers. Marie Luise Gothein.

*Leo Tolstoj*, »Der Greis und der Tod« aus: »Das neue Alphabet«, Erzählungen, Märchen und Fabeln, Verlag Stocker-Schmid, Dietikon-Zürich, 1968, übers. v. W. Lange, A. Gerstmann und R. E. L. Schart

*Ernst Jandl*, »das gleiche« aus: »lechts und rinks«, aus: Ernst Jandl, poetische Werke, hrsg. von Klaus Siblewski, © 1997 by Luchterhand Literaturverlag, München.

*Rut Plouda*, »Am Tag deines Begräbnisses« (Titel vom Herausgeber) aus: »Wie wenn nichts wäre«, übersetzt von Claire Hauser Pult und Chasper Pult, Octopus Verlag, Chur, 2001.

*Oscar Peer*, »Friedhof in Lavin« aus: »Ikarus über Graubünden«, hg. von Peter Donatsch, Chasper Pult, Rolf Vieli, AT Verlag AG, Aarau, 1995.

*Botho Strauss*, »Der Arglose« aus: »Mikado«, © 2006 Carl Hanser Verlag, München.

*Alfonsina Storni*, »Mein Herz« (Titel vom Herausgeber) aus: »Poemas de amor« Liebesgedichte. Spanisch und Deutsch. Übersetzt und mit einem Nachwort von Reinhard Streit, Limmat Verlag, Zürich, 2003.

*Hansjörg Schneider*, »A.« (Titel vom Herausgeber) aus: »Nachtbuch für Astrid«, © 2000 by Ammann Verlag & Co., Zürich. Mit Genehmigung der Inhaberin der Rechte der Carl-Seelig-Stiftung, Zürich.

*Robert Walser*, »Ich grüße zur Zeit ein Mädchen« aus: »Aus dem Bleistiftgebiet. Mikrogramme, Band 1«, Suhrkamp Verlag, Frankfurt am Main, 1985.

*Theodor W. Adorno*, »In einer andern Nacht:« aus: »Traumprotokolle«, Suhrkamp Verlag, Frankfurt am Main, 2005.

*Else Lasker-Schüler*, »An mich« aus: »Helles Schlafen – dunkles Wachen«, Suhrkamp Verlag, Frankfurt am Main, 1962.

*Rainer Maria Rilke*, »Jemand erzählt« aus: »Die Weise von Liebe und Tod des Cornets Christoph Rilke«, Insel Verlag, Leipzig, 1912.

*István Örkény*, »Zu Hause« aus: »Minutennovellen«, © der deutschen Übersetzung Suhrkamp Verlag, Frankfurt am Main, 2002, übers. Terézia Mora.

*Richard Wagner*, »Mutti und Vati« aus: »Anna und die Uhren«, Luchterhand Verlag, Darmstadt, 1987.

*Lukas Bärfuss*, »Hänsel und Gretel«, Originalmanuskript.

*Georg Büchner*, »Märchen« aus: »Woyzeck«. (Diese Dialektfassung hab ich einmal aus einem Programmheft abgeschrieben und später in keiner Büchner-Ausgabe wieder gefunden. Ist sie nicht wunderschön himmeltraurig? F. H.)

*Jürg Schubiger*, »Im Tram« aus: »Alpenkrokodile«, Minutengeschichten, Cosmos Verlag, Muri bei Bern, 1996.

*Dragica Rajčić*, »Sieben Tanten«, Originalmanuskript.

*Peter Bichsel*, »Die Kleider der Witwen« aus: »Zur Stadt Paris«, Suhrkamp Verlag, Frankfurt am Main, 1993.

*Konstantin Kavafis*, »Kleider« aus: »Die Lüge ist nur gealterte Wahrheit«

Notate, Prosa und Gedichte aus dem Nachlass. Herausgegeben, übersetzt und mit einem Nachwort von Asteris Kutulas, © 1991 Carl Hanser Verlag, München.

*Aglaja Veteranyi*, »Die Notiz« aus: »Vom geräumten Meer, den gemieteten Socken und Frau Butter«, © 2004, Deutsche Verlags-Anstalt, München.

*Wilhelm Genazino*, »Zwei Kilo Orangen« (Titel vom Herausgeber) aus: »Die Obdachlosigkeit der Fische«, © 2007 Carl Hanser Verlag, München.

*Fernando Pessoa*, »Geld« (Titel vom Herausgeber) aus: »Das Buch der Unruhe des Hilfsbuchhalters Bernando Soares«, aus dem Portugiesischen übersetzt und revidiert von Inés Koebel, © 2003 by Amman Verlag & Co., Zürich.

*Elias Canetti*, »Freude an Preissteigerungen« aus: »Die Fliegenpein. Aufzeichnungen«, © 1992 Carl Hanser Verlag, München.

*Wolf Wondratschek*, »Der Hundertmarkschein« aus: »Früher begann der Tag mit einer Schusswunde«, C. Hanser Verlag, München, 1969, © beim Autor.

*Bernd-Lutz Lange*, »Einmalig« aus: »Dämmerschoppen. Geschichten von drinnen und draußen«, © Aufbau Verlagsgruppe GmbH, Berlin 1997.

*Christine Nöstlinger*, »Morgenworte« aus: »Ein und alles«, Beltz & Gelberg, Weinheim, 1992.

*Peter Bichsel*, »Zeit« aus: »Zur Stadt Paris«, Suhrkamp Verlag, Frankfurt am Main, 1993.

*Johann Peter Hebel*, »Was in Wien drauf geht« aus: »Sämtliche Schriften, Band 2«, Verlag C.F.Müller, Karlsruhe, 1990.

*Robert Gernhardt*, »Die Richtigstellung« aus: »Prosamen«, Reclam, Ditzingen, 1995, © S. Fischer Verlag.

*Jan Cornelius*, »Die Überraschung« aus: »Der Radwechsel und andere Katastrophen«, Zollhaus Verlag, Witten, 2003, © beim Autor.

*Michael Augustin*: »Ueberall Frauen« aus: »Klein-Klein«, Edition Temmen, Bremen, 1994.

*Kurt Marti*, »Das Besondere« aus: »Unter der Hintertreppe der Engel. Wortstücke und Notizen«, © 1996 Nagel & Kimche im Carl Hanser Verlag, München.

*Anja Tuckermann*, »Am Bahnhof Zoo« aus: »Der Literat, Zeitschrift für Literatur und Kunst« Juli/August 7/8, Bad Soden, 1995.

*Franz Kafka*, »Gibs auf!« aus: »Die Erzählungen«, S. Fischer Verlag, Frankfurt am Main, 1961.

*Gertrud Leutenegger*, »Vogelperspektive« aus: »orte«, Schweizer Literaturzeitschrift, Nr. 141, Okt. 2005.

*Michael Augustin*, »Lektüre« aus: »Klein-Klein«, Edition Temmen, Bremen, 1994.

(Trotz gründlicher Recherchen konnten nicht in allen Fällen die Rechtsinhaber der hier abgedruckten Erzählungen ermittelt werden. Wir bitten die Rechtsinhaber, die nicht gefunden werden konnten, sich mit dem Verlag in Verbindung zu setzen.)